Fate Requiem

「懷想都市新宿」

Fate/Requiem

2

「懷想都市新宿」

CONTENTS

插畫／ＮＯＣＯ
背景插圖／友野るい

■ 9

死亡的氣味深入鼻腔內，久久不散。

淋浴的洗澡水用力沖洗臉龐，也只能洗去濺到身上的鮮血，以及死者的肉片。

那些本來應該得救的人發出的呼喊在耳邊迴盪。

而那些受到恩桑比擺弄而失控的從者，他們消滅之前最後掙扎的觸感，依然殘留在我伸出惡靈枝椏的指尖上。

那是一種無法挽回的失落。

——失敗了，失敗了。我在工作上造成無可挽救的失敗。

深沉的懊悔重重壓在心頭上，令我悔之不及。我倒在臥室裡，什麼事都不想做，完全提不起勁來。

我在黑暗中蜷曲著身子，手指輕觸濡溼的一綹瀏海。在我的頭髮裡裝設有禮裝APP，能夠聯繫魔術通訊網路。

通訊狀態下的魔術迴路一片沉默，沒有人回答。我再也聽不見那個人的聲音了。

「……卡蓮老師……」

這套禮裝是我當初決定離開《新宿》老家的時候，老師給我的東西。

打從我懂事的時候開始，卡蓮．藤村一直在引導我，可是如今她已經死了。如果要套用繼任者說的話，構成她的靈子核心已經消失了。

照理說我應該要感到很哀痛才對。

我應該可以哭到聲嘶力竭。我把過去的淚水都留起來，就是為了現在這時候——可是，我一滴眼淚都流不出來。

我把床單抓過來，裹在身上，試圖想讓自己沉入虛無的睡眠當中。

揮之不去的死亡氣味，讓半夢半醒的我回想起久遠那段黑暗的過去。

*

——那是發生在五年前的事情。

那時候我剛滿九歲，開始在秋葉原的獨居生活。

當時我才好不容易開始能夠處理一些卡蓮交代給我的簡單工作。所謂的工作，就是幫忙在一些從者引起的犯罪進行善後處理，或是潛入一些小孩子出沒也不那麼突兀的場所調查。總之都是一些很單調的雜務工作，鮮少和馬賽克的市民有往來。

當時為了能夠活下去，我非常拚命。

我拚了命想要證明，即便是像我這樣沒有〝聖杯〞，也沒有長生不死祝福加持的人，在這個宛如樂園般的世界還是有人需要自己。我想讓自己認同，即便沒有千歲的庇護，我一個人也能生活；即便沒有從者為伴，我一個人也能好好活下去。

幸運的是，在我身上有一群惡靈附體。

我曾經覺得很欣喜，對於潛伏在自己血脈中那些莫名其妙的惡靈，我能夠如臂使指般運用自如，有時候還可以當成比匕首更快速的武器使用。我曾經得意洋洋地心想，不光是自保護身而已，我一定有能力可以獵捕敵方的從者。

就這樣——

沉浸在自滿汙水裡的我，就這麼自己牽涉進某個事件當中。

我在一次團體心理治療的場合，偶然遇見一名男性市民。那名男子心裡有個問題一直苦惱著他。

他也和我一樣，在馬賽克市裡生活，一邊苦熬著想要找到屬於自己的歸宿。

男子說他是一名皮匠，專門製作一些皮包或是兒童鞋拿去店裡賣。在那個只有鎚子聲靜靜迴響的工作室裡，男子臉上總是帶著柔和的微笑。因為長年自律，去健身房鍛鍊的緣故，男子一身都是結實的肌肉，乍看之下還會讓人誤以為是哪個從者。

男子的背景和我的境遇有些類似。我們兩人都對秋葉原的生活抱持著某種異樣感，怎麼樣都揮之不去。

一個滿是苦惱的靈魂就在我眼前。

自己能夠陪伴這名男子，能夠體會他的煩惱。而且說不定我甚至還能夠**拯救**他擺脫困境——不用仰賴卡蓮或是路修斯，就憑我自己一個人的能力。這才是最重要的一點。

啊啊，這就是憑我自己找到的第一份真正的「工作」。我在內心裡暗自竊喜，高興地渾身打顫。

可是……這個男人早在我們相遇之前，精神上就已經有問題了，而且已經嚴重到根本無法挽救的地步。

有好幾次我都有機會發現這一點，然後趕緊脫身，可是當時我太稚嫩又太傻。本身的經驗還不多，無法揣測出男子內心的黑暗多麼深沉，更重要的是他內心缺少很重要的物事。

那名男性皮匠的身旁，總是有一名相貌端正，有如陶瓷娃娃般的英靈隨侍。

他就是那個可怕的孩子——路易。

諾曼第公爵〝路易十七世〞，波旁王朝最後的繼承者，同時也是最後一名法國國王。也就是那個在巴黎革命廣場被送上斷頭臺的瑪莉·安東尼王妃的次子。

和那個必要時候才會開口說話的御主不同，路易還滿健談的。

「——妳之前是不是說過要在路上撿拾收集情感的碎片，繪里世？」

「嗯……」

「妳也真是奇怪呢，繪里世；真是有趣耶，繪理世。意思是說妳想成為人類嗎？原來妳不是人類啊？」

「……或許……還不是吧。」

「說得也是！連死人的表情都比妳豐富，至少還感覺得到痛。啊哈哈，真是愈來愈好玩了。」

「不要捏我臉頰。**痛楚**……我當然知道。只是現在還不了解而已。」

即便在當時就讀的班級裡，我也是個異類。

其他的學生——那些屬於戰後出生的新生代的同學們待人親切，腦袋靈光，而且看起來都洋溢著幸福。沒有一個人那麼無聊，會和旁人一同欺負同學，也不會刻意去炫耀自己的夥伴從者。

因為他們打從一出生就生活無缺，沒有必要特地去吸食那名為優越感的毒品。而對於什麼都缺乏的我，他們也給予我援助，甚至還引以為傲。

對我而言，學校簡直就像是醫院一樣。一所用滿滿的善意與關懷溫柔擁抱著我的終生醫院。

在學校的生活當中，曾經有一次因為我的誤會引起爭端，讓我與一名同學吵了起來，還讓對方受了輕傷。

當時對方的從者不惜違反在校內不得現身的規定，竭盡心力想要解開我們雙方的誤會。事後我沒有受到一點責難，周遭的人也願意接受這樣的結果。

那名同學明明是被害者，卻向我低頭道歉，說他思慮不周。讓我連想個難堪的理由為自己辯解的機會都沒有，當時我真的感覺自己好像被鐵鎚重重敲了一下。

現在回想起來……想必是那些從者敏銳地察覺到，我的存在對他們有多麼危險。

當我懷著一絲羞恥把過去的故事向路易坦白之後，他沉默了一會兒，然後對我說道：

「……在學校學不到的知識啊。像這樣的教訓俯拾即是，又何止這一件而已。其實我也很想接受教育，去體會一下人生來就該享有的自由與平等。再說了，繪理世……在這個城市裡就算什麼都不做都能夠活得下去，還需要什麼情感嗎？就算妳嘗試去了解對方的痛苦與悲傷，那又如何？」

「有需要。如果我想要成為馬賽克的市民，在這座城市討生活的話就有需要。因為我沒有聖杯也沒有從者，只有情感至少是我經過努力就能得到的事物。因為我希望成為大家都需要的人，獲得大家的認同，讓我能夠留在這裡。」

「……這樣啊。那對妳而言肯定是非常重要對吧。那妳可以待在這裡，從這裡開始，就在這間皮革工作室。那傢伙肯定不會在意，我也可以排遣無聊。」

「那我該怎麼稱呼你才好？夏爾……王子嗎？」

「嘔——叫我路易啦。因為我是最後一個路易。」

於是我和路易成了朋友。他是我第一個年齡相仿的朋友。當時還年幼的我相信我們的相遇只是出於偶然，甚至認為這是一種命運。我根本什麼都不知道。

在那之後，我常常去男性皮匠與路易兩人的工作室那邊走動。

馬賽克市的從者都是御主最忠實的夥伴。他們會保護御主的安全，並且出力協助主人在這個複雜的社會裡實現自我。

有很長一段時間，我也是這樣相信的。

可是實際上並非如此。

——從者也有自己最寶貴的〝願望〞。

建構馬賽克市的《聖杯》系統會推敲出所有市民個人潛在的願望，盡可能讓他們和相配的從者搭檔。

可是聖杯並非萬能。

對於那些沒有任何願望，或是完全抗拒他人協助的人而言，從者只不過是多餘又惹人厭惡的對象。

好比我受到半強迫才去參加的團體心理療程，也是城市管理ＡＩ為了照顧這類人所實施的方案。許多參加者都是年長的舊時代人，先前的大戰在他們心中烙下很深的傷痕。

在那當中，也潛藏著一個渴望徹底自我毀滅的人。為了這樣的御主，《聖杯》分配了能夠正確治癒他的從者給他。於是《聖杯》把那個人——那個名為Avenger〝路易十七世〞的怪物從亡者的國度喚醒，讓他再度重回人世間。

這是連千鶴都沒意識到的《聖杯》系統錯誤，暴露出把度量人心的行為置換成魔法，並且完全仰賴魔法去處理是一種懈怠行為，而且也有其極限。

馬賽克市的道德監察官將會再次體認到，人性的根源根本沒有善惡之分。

——第一起殺人事件發生在馬賽克市的其中一個都市《多摩》。犯人一直沒讓警方查出任何足跡線索，就這樣把活動範圍慢慢擴大到《澀谷》與《新宿》等地。

因為被害者會失蹤很長一段時間，所以每起事件不容易被人聯想在一起，導致每次事情曝光的時候都已經為時已晚。

事件被害者都是一些出於某些理由不想讓自己的從者現世，或者實際上根本無法讓從者現世的人。最典型的案例就是，犯人會盯上那些在戰時眼睜睜看著家人死在從者手中，因為心理障礙而罹患從者恐懼症的**患者**。

犯人會刻意留下被害者失蹤的跡象，而且還會布下假象，讓人誤以為是被害者自發性的行為。

他們並不是從世上憑空消失。

所有被害者全都被關進監牢裡。

他們都被路易用特殊的寶具『泥淖監獄中的死亡救贖』，在物理與魔術兩種層面上與外界完全隔絕開來。

只要一陷入這件寶具的效果範圍之內，就再也不可能向外界求助。

皮匠會小心翼翼地維持被害者的生命活動，活生生對他們進行加工。他會把黃銅鉚釘敲入那些被害者身上，然後用硫酸鉻仔細**鞣製**，然後用針線互相縫在一起。

他把這些被害者製作成一件**作品**，呈現出在人世間白活著有多麼痛苦。

就在第一起失蹤案件發生之後幾個月，那件**作品**被人發現出現在《新宿》某處安靜的公園之內。

因為作工太過精緻，公園裡往來的人都把這件作品當成前衛藝術品，從設置完成之後有四十五分鐘的時間根本沒有引起任何騷動。

看在那些好不容易擺脫戰後混亂局勢，正想重新過著平靜生活的馬賽克市市民們眼裡，這樣的挑釁行為想必是非常可怕的威脅。當局立刻展開動作，展開搜索網開始調查這起劇場型犯罪。所有在犯罪學或是偵探領域上知名的從者以及人才都動員起來，站上搜索現場的第一線，努力想解決這起事件。

這樣一來，犯人落網只是時間早晚的問題。犯人剖析愈來愈具體，整個調查網也在慢慢收緊。

……可是即便到了這個地步，犯人自己也完全沒想要脫身的意思。我很清楚這一點，就連把搜索網引到自己周邊也是完全按照皮匠自身的希望。

當時的我也已經察覺，知道那些與卡蓮以及千歲有往來，專門負責維護馬賽克市治安的專家們已經在為這起事件正匆忙奔走。

即便如此，我也只是感到有些許不安以及疏離感而已，連一絲危機感都沒有。明明我就置身於整起事件的中心點。

——那是我發現皮匠真實身分之前最後一次和他說話。現在回想起來，當天是我和那個男子講最多話的一次。

那一天，工作室裡只有我和皮匠兩個人在，我正在看著他進行細微的工作。

「————宇津見，我有話要告訴妳，仔細聽我說。」

「繪里世。繪、里、世，拜託你把我的名字記好，師傅。」

「……聽好了，宇津見。以後妳別再來這間工作室了。」

「只有今天路易人不在呢……為什麼師傅要這麼說呢？」

「我使用《令咒》讓他到別的城市去。抱歉，今後我們沒辦法再見面了。」

「這是為什麼，師傅？你之前不是說過我隨時都可以來工作室參觀？而且還答應過要教我怎麼使用皮革刀的。這些話都是在騙我嗎？而且你看，這雙麂皮鞋也只做到一半而已。」

「之後我會愈來愈沒空，妳想要什麼東西就自己拿去吧。」

「……師傅，你該不會想要把工作室關掉，離開這座城市吧？這是不是叫做跑路？你聽起來很像要趁夜跑路耶。可是師傅是不可能會跑路的，你做的皮革製品真的很精美。路易還曾經很得意地告訴我，不管是隨身包或是嬰兒鞋，師傅的作品只要拿到店家去賣，馬上就會賣光。」

「……………」

皮匠雙眼只是直盯著工作檯，一句話都不說。

他縮著三角筋厚實的肩膀，蜷著身子坐在椅子上，看起來一點精神都沒有。他的身型那麼壯碩，幾乎是我的兩倍高大，可是現在彷彿像是挨了主人罵的幼犬一般。

「難道……該不會是因為我的關係吧？是哪個自以為正義的民眾看到我常常到

這間工作室來，所以去報警了嗎？不知道他腦袋裡是怎麼樣胡思亂想，說了什麼不堪的話。像那種人就是所謂的自稱熱心民眾。如果是的話，我也不介意直接和那個人說說——」

「——不是的，沒有這樣的問題。妳行動的時候很懂得避免引人注意，而且也時常留意有沒有人跟蹤。」

「是沒錯……那到底是為什麼……」

我強打起精神，努力擺出很不滿的樣子，實際上內心卻非常驚愕。

待在這間工作室能讓我精神放鬆，我實在無法接受竟然就要失去這片小天地。

就像這個位於半地下室的工作室只有一個小窗採光一般，在城市的這個小角落，只有一絲世俗的光明會照進來，我在這裡完全不用在乎自己是誰……這裡就是這麼一個重要的地方。

以後再也看不到路易口無遮攔對我冷嘲熱諷的那副假正經模樣，叫我如何忍受得住這樣的打擊。

更重要的是——我還沒把這份**工作**完成。

我還沒弄清楚，到底是什麼事情在折磨這名男子的靈魂。

我從來沒有對皮匠以及路易透露過自己和卡蓮有關係，身為真鶴千歲的孫子這件事更是對任何人都絕口不提，避免給人先入為主的觀念。就算上城市情報網去搜尋我的事情，我也已經對基礎資料庫動過手腳，搜尋出來的只會是假情報。

可是……這種小孩子耍小聰明的隱瞞手段，恐怕打從一開始就被這個男子完全看穿了。不過他仍然讓我留在身旁，肯定是因為他內心甚至懷抱著期望，希望一切真相能夠藉由我揭發於世。

男子看著我。

直逼近眼前的昏暗眼眸因為強烈的情緒而充滿血絲。

「妳有沒有想過要改變這座城市，宇津見？」

「………改變……城市？」

我這才驚覺。

我自不量力地想要改變這個男人，可是眼前這名男子卻更瘋狂地渴望要改變這個世界的一切。

「我聽不懂。」

「妳出生的時候，恰好那場戰爭也結束了。」

「嗯……我沒趕上那場戰爭，只是聽人家講過而已。」

即便不是擁有〝聖杯〞的新人類，但我依然是屬於新世代的人。

「——我出生的時候世界已經是這個模樣了，光是熟悉這個世界就已經用盡心力，我從來沒想過要改變它。可是我知道有人有這種想法。」

皮匠雙眼直盯著我，要我繼續說下去。

「在團體治療課程當中，有一個老爺爺曾經這樣說過——我壓根不想要不老不死。我只想順其自然活著，然後死去。〝聖杯〞不是那種毫無代價就能得到的東西。要是隨隨便便就能拿，那些在戰爭當中死去的人豈不是白死了……他是這樣說的。」

「那就是妳學到的〝情感〞嗎？可是不是那樣的，那是他在自欺欺人。」

男人的手指緊扣住我的雙肩。

「那個老人其實是想去見那些在戰爭中死去的家人。〝聖杯〞絕不可能幫他實現這樣的願望，只會撫慰他而已。」

「他不付諸實行……是因為他沒辦法殺害自己嗎？自殺是非常可怕的行為，從者也會主動出手阻止。」

「那些傢伙哪有這種權力。這裡，這個地方是人類的土地！是屬於人類的土地！有什麼必要得藉助那些亡靈的協助？就算城市外面現在還是不能住人的活地獄，也不代表我們得遭到這樣的對待——」

我根本沒注意到他的指頭深深陷進我的肩頭，力氣大到足以留下指痕。

我大吃一驚，沒想到這個男人對從者一直懷抱著這麼激烈的情感。

在我們簡單的往來關係中，有一件事我到現在仍然不明白。現在應該有機會可以知道了，知道這名男子究竟想要對自己的從者路易寄託什麼樣的希望。

……可是當我的雙眼也注視他的時候，男子彷彿感到很狼狽，向後退了開去。

「啊……對不起……對不起。」

原本帶著熱情口吻滔滔不絕的皮匠把視線撇開，和我保持距離，又再度回復沉默。

我多麼想再聽他多說一點。

壓抑已久的情感無法用言語訴說，只能用內心直接感受……那時候的我覺得這就是男子想要傳達給我的訊息。但那卻是可怕的錯誤。

「師傅，你討厭這座城市嗎？是不是有一種想法，想要徹底破壞這座城市呢？」

「我……深愛這座城市。我打從心裡，打從心裡想要拯救它。」

從他口中吐出空洞的言語。

「可是你還是打算要離開這裡對吧。」

「嗯。」

當時的我和現在一樣，幼稚又愚蠢。

情感只能用行動來表現。光是在內心想，真正的願望是不會自己實現的。

不管是人、城市或是世界，都只能靠著流血才能改變。

在那之後過了幾天的時間。

我為了自己的工作，戰戰兢兢地和波吉亞兄妹倆接觸，向他們購買黑社會裡流通的情報。

和他們接觸的過程當中，我得知那件殘忍殺人事件的調查區域已經縮小到《秋葉原》地區了。

同時我也知道又有新的**作品**……被害者慘不忍睹的屍首被人發現，嫌犯在監視網路上留下了模糊不清的身影。另外在警方嚴密的警戒之下，仍然又有人失蹤。

雖然我也覺得皮匠與路易有點怪怪的，但始終沒辦法真的對他們起疑心。在我內心裡某個角落還是把他們分類為馬賽克市的受害者方，一直沒辦法捨棄這樣的念頭。

在上次和皮匠認真談過之後，我也曾經不抱期待地前往工作室看看。

每次去都看到工作室的門口鐵門拉下，我也只能聳聳肩。

我還曾經在街上遇見過路易一個人獨處。知道師傅還沒離開這座城市，確實讓我放下心中的大石。可是相較於路易態度一如往常，沒什麼改變，我和他說話的時候卻是不著重點。兩人聊著聊著，竟然稍微爭執了起來，最後離開的時候彼此都有些尷尬。

要是有心的話，從者是可以隱藏身形的。路易應該是讓我找到他的，可是我卻沒能發現他給出的信號。

那一天不同於往常。

工作室的鐵門沒有完全關上，門鎖上看得出來有人從外面硬是撬開的痕跡。我從來沒有遇過什麼事前的第六感或是不祥的預感。

可是很突然地——我身上的靈障忽然破裂，赭紅色的鮮血從傷口中滲流出來。惡靈開始大肆騷動，告訴我有異變發生。

有人死在工作室附近。

「……啊啊……咿……嗚……」

厭惡與不舒服的感覺讓我不禁呻吟起來。又一個人，又一個人——

我忍著苦痛，偷偷潛入靜悄悄的工作室內，發現裡面有一個陌生男子倒臥在血泊當中。

那是當局的調查員。他被一柄半月型的圓皮刀深深刺進喉嚨內，早就已經沒了性命。

我在周圍感覺不到那名調查員的從者，卻看到工作室內的牆壁，竟然意外開了一扇密門，鮮紅的血跡一點一點通往地下室去。

從地下室裡傳來悲痛的低沉啜泣聲，還有開朗活潑的法語歌聲。

「路易——」

我的心思完全被這聲音的主人吸引過去，想要走下通道一探究竟，完全沒注意到引起這一連串慘劇的犯人不知何時已經來到我的身後。

就這樣——

回過神來的時候，我已經被男人壯碩身軀壓在底下。他已經不再動彈。

激烈的幾十秒鐘過去之後，整間工作室受到惡鬥的波及，變得殘破不堪。

我身上吃痛的傷勢也不遑多讓。肩關節脫臼，有一隻手使不上力。被鐵錘重擊的肋骨也被打裂，感覺好像立刻就會斷成碎片一般。

被男子重重壓在身下，我連呼吸都有困難，但還是勉力把男子身軀挪開，從旁邊爬出來，這才搖搖晃晃地站起身子。這間工作室裡的活人只剩我一個。我的其中一隻眼睛被打到，視線模糊不清。只好勉強用剩下的另一隻眼睛，再度往地下室走去。

那裡與其說是地下室，其實根本就是地下牢房。

通道的左右兩側隔著固定間距排列著一間間有鐵欄杆的牢房，看起來根本不像是現實世界。

這裡宛如新月之夜般昏暗，空氣中還飄盪著一股汙物的酸腐臭味。可是如今另有一股味道又把這惡臭的氣味完全掩蓋過去，充斥在這空間內。那就是剛流淌出來的溫熱鮮血的芳香。

這地方也和上面一樣，留下了激烈打鬥後的痕跡。

縱橫交錯的通道中心處，犧牲者的屍骸橫七豎八躺了一地，而那個人就在死者的血泊當中。

他的上半身被鮮血整片染紅，無力地跪在地上，用嘶啞的聲音哼唱著那法文歌。

「……路易？」

就在我感覺到強大的魔術存在的同時，也感覺到有一股龐大的魔力流動正急速消逝，從現場逸散開來。

喪失契約主的從者。

犧牲市民，濫用生命到近乎褻瀆人性價值所換來的魔力直接供應給路易，用以維持這個空間。可是用這種方式得來的剩餘時間也已經所剩無幾。

我環顧四周，每個牢房都有關人。他們應該都是被抓來用為製作下一次作品的人。恐怕是被下了藥的關係，現在都無力地躺著。

「路易——你的御主死了。殺他的人……就是我。要是他願意把武器放下，我就不用殺他了……都是因為我實力不足的關係。」

就算我開口向路易道歉，他也沒有任何反應。他的耳朵眼睛已經什麼都聽不見，也看不到了。

他已經脫離契約關係，很快就要回到〝英靈之座〞。《聖杯》給予他的暫時生命即將消失，而這就是從者的死法。

這起殘忍的犯罪是戰後混亂期結束之後前所未見的凶案，路易成為這件凶案的幫凶，究竟得到什麼？身為一名英靈，抑或是反英靈，他的希望到底是什麼呢？

皮匠想要為這個世界帶來變革，結果最終也沒成功，只是到處散播死亡。難道路易只是成了革命的犧牲品嗎？

他總是帶著半開玩笑的口吻說，自己的職階是〝Avenger〞。他是不是希望能夠獲得釋放，逃出監獄之外呢？

要是沒有〝聖杯〞或是從者的存在，這齣悲劇也不可能會發生。

（戰爭……到現在還沒結束嗎……）

我陷入一陣茫然，試圖接受這難以動搖的事實。

要是御主死亡，從者同樣也會消失。這個道理我理解，但從沒了解背後真正的意義。我沒有御主資格，又能怎麼樣呢？

——歌聲戛然而止。

「是誰……？」

我一直站在這裡，路易可能是感受到我的體溫，低聲問道。

他已經不再是過去那個如陶瓷娃娃般美貌的少年，臉頰好像久未進食般削瘦，手腳四肢如老人一般乾癟。

「原來是**死神**啊……沒關係，儘管拿去吧……我有點累了……」

「路易。」

我跑上前去，把仰躺倒下的路易撐住，摟著他的頭枕在我的膝上，看著他那雙雖然睜開但卻目不視物的空洞眼眸。

精神朦朧不清的他已經連我是誰都察覺不出來了。

我多麼想告訴他我是繪里世，想向他道歉。

可是——看到路易呼吸急促的顫抖雙唇，我一句話都說不出來。他就快要死了，我卻只想著不希望自己受傷，這根本就是自私自利。

我決定要保持沉默，送他最後一程。於是握住他骨瘦如柴的指尖。

路易彷彿感到很安心似的，深深地吐出一口長氣。

「母親……」

——這就是他消失前所說的最後一句話。

我坐在血泊中，緊緊擁抱原本有他存在的虛空。

雙眼緊閉，身體因為懊悔與羞恥而顫抖。

……這時候忽然有人開口向我問話。事前毫無預兆，而且還帶著吃驚的口吻。

「欸，我說妳，是不是不會哭啊？」

我抬起頭來一看——一張惡魔般可怕的臉龐就近在眼前。

那時一頭龍……不對，是一頭恐龍。是那種肉食、而且特別凶猛的種類，根本不可能存活在現代的古代生物。

「——還是說妳的淚腺壞了？剛才回歸英靈之座的，不是妳最親的人嗎？」

我忍不住倒退了幾步。

環繞著我和恐龍的監獄景象漸漸消逝。

燈光照明恢復成原本的樣子，照出來的是一個空蕩蕩、沒有任何粉刷的混凝土房間。

這才是地下室原本的模樣，路易那充滿可怕怨念的寶具效果已經消失了。

沿著牆壁，遭到誘拐的被害者一個一個倒在地上。

可是眼前那頭身軀龐大的恐龍還是存在，頭頂幾乎都要摩擦到天花板了。

「有實體……是從者？」

「她叫做小紅喔。」

一名少女從恐龍的身後探出頭來。

那女孩年齡與我相仿，頭髮短短的，身高比我高一點。

上半身的刺繡運動外套配上短褲，打扮像個小男生一樣。我當時身材還很嬌小，頭髮也還沒剪短，女孩的模樣和我正好完全相反。

如果不是已經聽到她的聲音，恐怕還會把她誤認為男生。話雖如此，她說話的口氣真的很粗暴。

沒錯，向我問話的不是那頭恐龍，而是這個女孩。那頭恐龍可能是她的從者，只是靜靜地注視著我們兩人。

「──妳就哭嘛，他人不都已經死了嗎？雖然他和誘拐我的人為伍，不過對妳而言，他應該是很親密的人吧？」

「……我不知道……要怎麼哭。只是覺得好丟臉……羞恥到快死了。」

我低垂著頭，內心滿是哀傷。女孩從前面展開雙手把我抱個滿懷。

「這樣啊──妳也真是傷腦筋耶。」

一點都沒錯。現在我的腦袋真是陷入前所未有的混亂當中。

難以抑遏的殺戮衝動、喪友之痛、不知道該保持適當距離感的女孩，還有恐龍。

「哎呀──妳一身傷痕累累又滿身鮮血，看起來真是慘不忍睹，這樣妳竟然還能活下來。不過我也很久沒洗澡，也和妳一樣髒兮兮就是了。」

「……是啊。」

「哈哈。」

我一邊莫名其妙給人抱著，一邊還得聽她說我一點都沒興趣聽的事情。

我的魔術回路已經回復，確認當局的增員人力已經在路上了。現在除了等待之外，我也無事可做，無奈之下只好陪這個女孩說說話。

就如同我的料想一般，這女孩是被皮匠誘拐來的被害者，最後也成了這次事件少數幾名生還者之一。

這女孩從別的地方來到《秋葉原》，結果遭到誘拐，還被下藥迷昏。其實她現在剛好稍微離家出走一趟，搞不好家人此時此刻都還沒報失蹤呢。

先前的失蹤者當中一直都沒有小孩子。

可是不能否認的是皮匠自己也很著急，才會像最後攻擊我那樣，把小孩當作目標——

但是這女孩遭到誘拐並非毫無來由。

她以前曾經在雙親的要求之下參加過某場團體課程，似乎就是因此才會被皮匠看上。

「妳說妳……沒有召喚過從者？妳也是一樣嗎？」

「什麼一樣？」

少女側著腦袋說道。

「我的名字叫做卡琳。」

「……卡琳……那頭恐龍就是妳的從者嗎？」

「對啊！這是我第一次和小紅見面，今天是第一次喔！不過她和我想的完全不一樣就是了。」

她的臉龐因為興奮而熠熠生輝。

「——可是她看起來真可愛耶！妳說是吧！」

恐龍也低吼了一聲，這是在微笑嗎？

這名長相奇特的從者後來判別真名是Berserker·鬼女紅葉。

卡琳從小長大的家庭嚴格禁止召喚從者，除了這次關係到自己生死存亡的偶發事件之外，她從來都沒有嘗試過召喚行為。

「其實我一直都在瞞著家人，偷偷和小紅說話。好像也不是說話，就是感情會模模糊糊地傳達過來。就像用圖文字表達訊息一樣的感覺，妳了解嗎？」

「……我根本沒辦法想像。」

卡琳與紅葉的主從關係又是屬於特殊案例，與心理創傷或是從者恐懼症之類完全不同。

聽說打從出生以來，卡琳就一直聽得到有〃聲音〃在向她說話。鬼女紅葉總是陪在她身邊守護著她。

「呃……卡蓮……？」

「我是卡琳，不是卡蓮。妳叫什麼名字？」

「我是繪里世……宇津見繪里世。」

這就是我和卡琳，以及鬼女紅葉的邂逅。

＊

事件結束之後，我被老師……被卡蓮狠狠教訓了一頓。

她怪我行事莽莽撞撞、不經思考，所以才罵我的。

可是關於我最害怕的事情——親手殺死一名市民，讓對方的從者消失的這件事，她卻不是很在意，根本沒放在心上。

她的處理方式就只是對我淡淡地說了一句話。

「那是正當防衛。我是城市管理ＡＩ，如果是我下手的話，在法律上、倫理上都是大問題。可是繪里世是擁有馬賽克市市民權的市民，所以沒關係。」

一方面這讓我重新認知原來ＡＩ都是這樣的嗎？不過或許卡蓮的本尊原本就是

這種萬事不縈於懷的淡泊個性也說不定。

我原本的監護人千歲每次有事沒事就會對我一個人獨居的事情有微詞，可是經過這次事件之後，她對我的干涉也變少了。

她只是冷冷地對我說：既然有能力保護自己的性命，妳就是如假包換的大人了，恭喜妳。

明明有調查員為此犧牲慘死，但是千歲認為這件事好歹算是我獨力**處理掉**的案件，好像甚至對此感到有些驕傲。她這樣的想法讓我感到不寒而慄，更讓我認為離開真鶴家是正確的選擇。

她還說了：到頭來，遇到危險也只能自己去面對，這件事早晚都會發生。直到現在，我還是不明白這句話是什麼意思。

為了能夠活下去，就必須殺死危害自己的敵人。

即便在戰爭時期，這種因果報應根本就是家常便飯，但我內心的重擔還是沒有減輕。

在我內心深處無時無刻不在懷疑，他們……真的是敵人嗎？他們會不會反而是犧牲者呢？

就在我煩惱不已的時候，陪在我身旁的不是ＡＩ也不是人類，而是身為從者的路修斯。

從我小的時候開始，他就嚴格教導我一些護身術還有面對暴力時的應對技巧。他當然也明白這些技術不僅可以救我自己一命，同時也會成為殺傷他人性命的武器。

或許是因為這樣，所以他對我沒有責備，也沒有言語上的安慰。

他只是拿起長槍陪我練武。自從我離開老家之後，已經有好長一段時間沒有和他一起練習了。

在中間的休息時間當中，路修斯向我提起這麼一段往事回憶。

當他還是少年的時候，曾經在羅馬郊外遇到強盜。

他勇敢無懼地拿起短劍，單身迎戰搶匪。

雖然勉強擊退搶匪，可是這名搶匪也因為路修斯造成的傷，使他再也無法走路，最後淪為乞丐。

每當路修斯經過街道的時候，他都會看到那名乞丐，內心覺得非常過意不去。

後來那名搶匪生了病，因為受到照顧的關係，而捨棄了原本對羅馬眾神的信仰，改信當時某個信徒正慢慢增加的一神宗教，意外比路修斯更早成為信徒。

路修斯後來在戰場上成為一名槍兵，殺死幾百名蠻族軍兵。之後更成為指揮軍伍的百夫長，奪走數千名蠻族人的性命。可是他說，他從沒有忘記過最初被強盜攻擊的恐懼，以及第一次用短劍刺人的感覺。

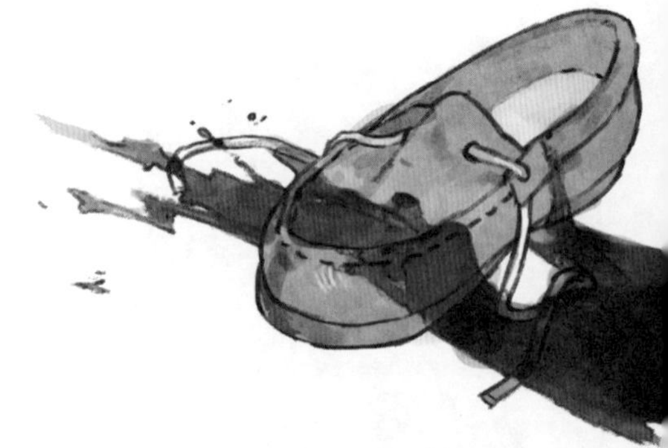

■ 10

——然後戰爭的日子又回來了。

人們不願意接受這個事實，又傷又累的他們甚至根本不想去了解這件事。

可是我已經感覺到了，藉由我的從者感覺到了。

那場爭奪能夠破壞以及重新組成世界的《聖杯》的戰爭，還沒有畫下休止符。

自從競技場的慘劇發生之後，很快地好幾天過去了。

馬賽克市好不容易才要從混亂中重新振作起來。

受害程度最嚴重的《秋葉原》也還沒有恢復原本度假城市該有的寧靜安穩，不過街道上看起來已經恢復平靜，市民們至少表面上可以保持平常心。

而我也有該做的工作要做。那個可怕的從者恩桑比把人化為活屍、操控從者使他們失控，引起一陣殺戮狂潮，最後是我把暴亂鎮壓下來。身為當事者，我有義務要協助進行事件善後的工作。

隨著政府當局處理善後的工作是一次痛苦的經驗，讓我一次又一次意識到卡蓮．藤村真的已經不在這世上了。

可是另一方面也給了我時間讓我冷靜整理情緒，給了我機會重新下定決心。

我的第一項決心就是——去和**某個人**見面。

我要去的地方是《秋葉原》的最北邊——通稱〝湯島天神〞。

這座神社以求取學業考運靈驗而聞名，正式名稱叫做湯島天滿宮。

既然說到學業與天神，裡面祭祀的當然就是文人之神，俗稱〝菅公〞的菅野道真，不過這和我此次拜訪沒有什麼關係。

聽了我的希望，建議我來拜訪湯島天神的人正是《新宿》的城市管理ＡＩ卡蓮．冰室——不，還是簡單稱呼她叫冰室就好了。

我要去的神社，在戰前原本不屬於秋葉原區域，而是在秋葉原的鄰近區域。在《聖杯》進行重新建構的時候，這間神社正好可以當做秋葉原北端的靈脈要衝，所以趁此機會就囊括進來。

在聖杯淘汰賽開賽之前，這裡也和其他靈脈管理地一樣，原本也禁止我進入。

在神社境內除了有上野恩賜公園的不忍池之外，還有一片到處都是柳葉輕擺的海岸線。原來如此，有人形容神社境內全都時光跳躍到江戶時代的風景，這形容確實沒錯。不過這片雪白的沙灘與湛藍的大海，我怎麼看都像是南國某處觀光沙灘的景致。

我和卡琳兩人一起走在海邊一座梅林公園中，又高又低的起伏參道上。

要是平常的時候，這條路上通常滿是來玩海水浴或是參拜湯島天神的遊客。

「欸，繪里里。」

「什麼事？」

「先前才發生過那場恐攻事件，我原本還以為神社這些地方不會有人來的。可是……人好像還滿多的？而且所有人都不是往海邊方向，好像和我們一樣往神社那裡去耶。」

我頷首回應卡琳最直接的感想。

「……是啊。應該是那些信仰深厚的人來祈求闔家平安吧？」

就算日常生活當中到處可見從者的存在，可是自古以來在市民內心裡流傳的信仰沒有廢弛。反而因為現在的世界一片混沌，人們又再次需要在地的神明做為心靈上的依靠。

古今東西的各色英靈陪著御主去參拜日本的學問之神……也只有和平的馬賽克市才能看到這樣的景象了。

「平時會來的都是度假遊客嘛。」

「……卡琳，妳有來過這間神社嗎？」

「有啊。其實也不是我，而是因為小紅想來啦。我們到《秋葉原》的話，時不時會過來這裡走走，這裡的炸饅頭很好吃耶。」

「喔？是紅葉啊……什麼炸饅頭？」

「妳真的不管啊，繪里里。那孩子自己一個人在前面愈走愈遠了喔。」

卡琳忽然轉頭看向前方的少年。

——Voyager。

他是我的、就是我的、專屬於我、只屬於我一個人的從者。

海風把他的金色圍巾吹得飄飄翻飛。我們事前沒有告訴過他應該怎麼走，可是他卻自己一馬當先，愈走愈遠。

「嗯？我總覺得妳和普蘭弟弟——」

「Voyager。他已經不是普蘭，而是Voyager了。」

「啊，對喔。」

卡琳恍然大悟，低下頭來。

「抱歉，他的真名已經知道了。Voyager，Voyager。然後說到那個Voyager弟弟，他和妳之間氣氛好像有點怪怪的？」

「……沒有哪裡怪啊。」

「你們吵架了嗎？」

「……嗄？我們沒有吵架啊。」

我說謊了。

因為從今天早上開始，我們之間感覺就有點僵，而且也確實小吵了一陣。

〝真名〞揭露之後的幾天之內，Voyager的態度開始產生變化。

原本那種傻不隆咚的氣氛倒也沒變，不過他開始表現出自我，或者說是個人意志。

從前他就曾經表現出很頑固的一面。我覺得現在他除了頑固之外，似乎另外又多了類似個人堅持之類的感情。

從前帶他去街上散步的時候，他會表現出極度的好奇心。不管帶他去任何地方、看任何事物、吃任何東西，他看起來總是興致勃勃，什麼都想要吸收。可是現在不一樣了。

今天早上因為早餐的關係，我們起了一點爭執。他好像很不滿意我給他吃穀片，說要吃別的東西。

那你應該也可以不用吃吧？從者進食也只是重形式而已。我說的是事實，可是他卻狠狠白了我一眼。

一、二個禮拜吃同樣的菜色又有什麼關係？

結果他可能是想要增添一些不同的風味吧，竟然擅自把我珍藏的果醬拿出來。我一氣之下，和他有一些拉扯……就是這麼回事。

「妳騙人喔。」

卡琳用一副了然於心的表情點點頭。我真是無話可說。

「……………」

「這也難怪。繪里里過去沒有和從者締結過契約，而且也沒和從者長久相處過。妳接觸的對象要嘛就是放逐，不然就是死，對吧？Vanish or Die！根本沒有適當的時機可以好好溝通嘛。」

「嗚……哪有這麼誇張。」

「有爭執也無所謂啊，要吵就吵嘛。我和小紅也是常常吵架啊。」

「喔？這倒是……滿讓人意外的。」

我從沒見過其他像卡琳和鬼女紅葉這麼契合的主從。不過說得也是，小春和加拉哈德兩個人表面看上去關係也挺緊張的。

「所有英靈都是人生的前輩，吵個架他們才不會在意呢。」

卡琳一邊微笑著說，一邊看著站在前方的少年。

「不過那孩子，好像有點不一樣。」

不一樣……？哪裡不一樣？

我自己在當〝死神〞，一直以來也對從者做過許多側寫，對他們的豐功偉業有廣泛而深入的學習了解。可是這些經驗現在完全派不上用場，只不過因為我身邊多了一名從者陪伴而已。

就連我自己也一樣，如今我已經成為正式的御主，可是我也還沒完全熟悉《聖杯》直接灌輸給我的情報。

Voyager 忽然回頭，視線投向右手邊的大海。

仔細一看，一艘當做水上巴士使用的共乘式屋形船正在往海岸的一處小型防波堤靠近。

這邊的海岸不是乘船場，船隻應該只會直接通過而已。可是屋形船上卻有一名旅客跳了下來，接著船隻立刻掉轉船首，駛回原本的航線。

下船的是一名肩上掛著大包包的女學生。

女學生白皙的肌膚與白襯衫和湛藍的大海相映成趣。她淺色的秀髮在風中輕擺，身高比我高一些，而那張臉龐看起來也似曾相識。

「那不是秋女的制服嗎？」

「……真的耶。」

卡琳說得沒錯。那女孩身上穿的正是秋葉原女學館高中，簡稱『秋女』的夏季制服。在屋形船上那些沒下船，也穿著相同制服的友人正在揮手向她道別。

這麼說來，那女孩理所當然應該比我們年長，可是……

女孩立刻就地把鞋襪褪下，不走繞比較遠的防波堤道路，而是順著停泊在旁邊的小船甲板上一路跳了過來。身輕如燕的她輕輕鬆鬆跳過好幾艘船。

沒多久她就落在我們前方的淺灘上，也不理會自己被濺起的水花打溼。

對方也注意到我們在陸地上看她一路跳過來。

女孩紅著臉眨眨眼，豎起食指按在脣上，從沙灘上向我們表示別把剛才看到的事情說出去。她似乎也知道自己剛才穿著貴族女校的制服，卻做出淘氣的舉動。就在這時候——

「妳回來了，主公～～～～～～～～～！」

從神社境內傳出一道活力四射的迎門歡聲。

出聲的人拔腿一路跑過來，這張面孔就更孰悉了。

那是一名身材高眺的女性從者，我絕不會認錯那張英氣凜然的臉龐。

她就是源九郎義經——也就是牛若丸。

（牛若丸……之前我就有感覺，真的是個女的……）

她今天的打扮和先前在淘汰賽中武勇的鎧甲武士裝扮截然不同，一看就知道正在打工。

身上穿著連身圍裙，頭上還戴著類似三角巾的頭帶把黑色長髮固定起來。圍裙底下穿著幾乎近似泳裝的輕便衣服，從某個角度看過去彷彿身上除了圍裙以外一絲不掛。

圍裙胸口上印著卡琳剛才說的『湯島絕佳美食油炸饅頭』的商標與圖畫。看來她是從神社內炸饅頭攤位的廚房區直接跑出來的，連衣服都沒換。

牛若丸就如字面上形容的那樣飛撲到女學生的身上，感覺好像被高興又興奮的大型犬在身上亂搓亂擠一樣。

「主公、主公、主公。」

「好好，我知道了。」

不過女學生很習慣地安撫從者……這麼說，這女孩肯定就是牛若丸的御主了。先前參加淘汰賽的時候，她穿著一襲傳統風格的和服，給人的印象和現在差很多。

卡琳似乎也察覺了，和我相視點頭。

「啊啊啊啊〜〜就只有牛若一個人留下來看家，真是想煞我了。主公、主公——」

「好了啦，熱死人了！別在我身上聞來聞去！」

女學生輕喝一聲，使出拋摔招式，看得我目瞪口呆。牛若丸被她摔在沙灘上，漂亮的一手。

她使來雖然輕描淡寫，身形動作也很小，可是看得出來那是合氣道的天地摔招式。

牛若丸一點都不以為意，哈哈大笑。而 Voyager 則是蹲在牛若丸摔出去的沙灘上，看著這對氣氛和睦的主從。

「喔？你是先前那位……」

原本仰躺在地的牛若丸迅速起身，當場跪坐下來。鄭重地向 Voyager 低頭致意。

「先前承蒙你的幫忙。那時候勞煩你幫忙處理那些我不擅長應付的對手，真的非常感謝。你那時候有受傷嗎？」

「嗯，我沒事。」

Voyager 也不怕生，向牛若丸點頭回應。他們似乎在競技場那時候就互相記住對方了。

「沒事就好。不過你感覺起來和前一陣子好像有些不一樣了。」

「……有嗎？今天妳的氣味聞起來好香，沒有血的氣味。」

「哼哼，這可是我們天滿宮名產的芳香喔。剛炸好的風味又更美味了。請務必要品嘗看看。妳說對不對，主公。琉璃姬主公──」

牛若丸回頭呼喚自己的御主。

那個名喚琉璃姬的女孩仔細打量著 Voyager。

「……啊，我想起來了。你就是競技場那個小男生！就是你把那個作惡多端的從者趕跑對吧！我還記得那時候你全身亮晶晶的，非常顯眼。哇，謝謝你，真的很謝謝你。那時候光靠我家的遮那根本忙不過來，情況太危急，我都急得快要哭出來了。」

「那時候情況真的很危急，琉璃姬主公還是很堅強地撐下來了。」

「嗚嗚，真的謝謝你喔。」

女學生表現得非常感激，一副想要把 Voyager 抱個滿懷摸頭摸個夠的樣子。可是在緊要關頭，她還是忍住衝動，雙手舉在半空中。看起來有一點怪里怪氣的。

她轉頭看向我們，雙眼更加熠熠生輝。

「那妳就是這個小男生的從主囉？或者是妳呢？好年輕喔！妳們兩人該不會都是國中生吧？」

「不是我啦，是她是她。」

卡琳指了指我。

「是、是的。Voyager 的從主是我。呃……其實我今天有事相求，所以造訪天滿宮——」

「喔？原來妳有事找我們啊？除了讀書考試的事情以外，我都可以照看喔。」

「咦？好像說反了吧？」

卡琳一臉訝異。

就在琉璃姬還要繼續大問特問的時候，牛若丸拉拉她的衣袖。

「──主公，妳父親站在那裡。」

我們全都舉頭望向神社境內，一名身穿神職者褲裙的中年男子就站在大鳥居之下。

「啊，爸爸他……已經回來了啊……」

少女有些不知所措，把皺皺的裙襬拉好，拍掉衣裙上的沙子。

剛現身的男子一看到我，便端正地行了個禮。

我也回過神來，整肅儀表，向對方低頭回禮。

紫底白紋的褲裙，他就是掌管這座湯島天滿宮的宮司。

這名男性正是我聽了冰室的介紹之後想要見面一談的人。幾天前在競技場現場勘驗的時候我們已經見過面，所以對方也認得我。

只是萬萬沒想到……這麼一位宮司的女兒竟然就是源九郎義經的御主，而且還是聖杯淘汰賽中的明星選手。

＊

我和卡琳獲准與湯島天滿宮的宮司會面。

見面的場所不是在社務所。對方特地把我們請入不許一般人進入的正殿當中。因為人家婉轉地表示不願讓從者列席，所以我們就請Voyager與鬼女紅葉暫且離席。即便對方沒有表示意見，這個地方的結界十分強大，低級的使魔也是無法靠近的。宮司的獨生女，那個叫做琉璃姬的女孩與牛若丸也沒有參加這場會談。

我提出的請求就是關於《秋葉原》**夜巡工作的交接事宜**。

原本是由我承接卡蓮的委託，負責應付處理從者的問題。說起來也挺任性的……我是來懇請對方能不能暫時代替我處理這項工作一段時間。

我把所有的一切毫不保留全部告訴了宮司先生。

除了那些讓馬賽克市陷入大混亂的敵人的存在，還有全新的聖杯戰爭即將爆發，屆時對市民的傷害可能會遠大於之前的事件。

以及過去一直沒有和從者締結契約的我，第一次得到了從者的事情。

這些事情宮司應該差不多都已經聽說過了，不過他還是靜靜地聽我訴說。

宮司是負責鎮地的要職，必須要維護《秋葉原》靈脈。

湯島天滿宮與守護鬼門的神田明神一樣，在這座城市裡肩負著重要的職責。

菅原道真公不只是祈禱國家平安的至誠之神，同時也具有威猛雷神的另一面。因為有這座天滿宮的存在，才能充分發揮祂的神威。

倘若前幾天敵人攻擊的地方不是競技場，而是想要破壞天滿宮的話，不只是籠罩整個《秋葉原》的結界會崩潰，可能就連《秋葉原》當中從靈脈獲取魔力的從者絕大多數都會陷入癱瘓。

擔任重要職務的宮司與我兩個人各自肩負起守護《秋葉原》的重責大任，可說是互為表裡。即便我們兩人負責的工作事大事小相差很多。

宮司的回答很簡潔扼要——放心交給我吧。

他表示，既然來自外部的威脅已經浮上檯面，為了預先防範市內陷入混亂，願意全面協助處理從者相關的事宜。

可是這件工作不是由宮司自己進行，而是完全交給女兒琉璃姬——

——什麼？

＊

冰室是何等人物。

她肯定早就知道事情會變成這樣，料到我一定會感到很驚訝，在內心暗暗竊笑。卡蓮系列機各個都是怪胎，真是……

宮司自己業務就很繁忙，我當然也想到他不太可能親自扛下這份專門處理從者的工作。但我還是期望他會給我一些什麼替代方案，或是提供建議讓我可以建構應對的體制。

可是我的預料落空，而對方的反應也令人意外。

對方並非以宮司的身分對琉璃姬的能力寄予厚望，而是站在父親的立場，萬般無奈之下提出的對策。

（啊，該不會是因為……）

我想到一件客觀的事實，不禁稍微有一點同情這個人。

看見我年齡比高中生的琉璃姬更小，或許讓宮司暗暗下了某種決心，絕對不能讓像我年紀這麼小的孩子去做那種事情。

帶著一絲悶悶的心情，我走向一座搭建在正殿後方的小神社。

琉璃姬、Voyager 與鬼女紅葉正在一起說話。

「啊，紅葉。」

這是今天她第一次現身。

看到紅葉特殊的形貌，琉璃姬依然表現得很自然。她已經把秋女的制服脫掉，換上紅白顏色的巫女打扮，看起來典雅又嫻靜，聖杯淘汰賽那時候的印象又回來了。

「這樣啊，那《秋葉原》的和平與未來就落在我的肩頭上了吧？」

「那個，不好意思喔，請容我再三確認。因為這件工作真的很危險。」

「嗯嗯。」

我後來向琉璃姬說明前因後果與她商量，結果她對這件事情的看法還相當正面，反而是我感到有些困惑。

「——而且這份工作還經常會招致特定的對象怨恨。就算沒有工作的時候，平時也有招人報復的危險——」

「嗯嗯，正義英雄真的很不好當啊。」

「…………呃，我不是這個意思。」

我知道琉璃姬有在認真聽我說明。可是知道歸知道，實在感覺不出來她到底有沒有真的當一回事。愈來愈不懂宮司到底在想什麼了。

「我想應該不會有這樣的事，但還是請教一下……琉璃姬小姐是不是很崇拜正義英雄？」

「沒有啊，完全沒這回事。可是聖杯淘汰賽之後好一陣子都不會再開打了吧？我也會閒著無聊啊。」

「喔，這樣說也對。」

卡琳一直在看我，好像很想插嘴的樣子。她這個人就算面對年長的人也不會怯場，先前倒是很安靜，一直聽著我們兩人的對話。

「欸，琉璃姬小姐？就算秋女是貴族名校，這禮拜應該都是停課吧？妳為什麼還要特地跑去學校呢？」

卡琳說得沒錯。平時沒上課的我完全沒注意到這件事。

「嗯，我也是班上的股長，還有一些工作要做啊。因為學生會有事要我幫忙，所以早上我就去學校一趟。包括調查學生的安危狀況，也有一些人光靠情報網路很難聯絡得上。還有呢，學校現在當做暫時避難所使用，還要幫忙整理之類的。所以才會請遮那——牛若丸幫忙看家。」

「原來連這些麻煩事都要做，高中生果然不一樣。」

「也沒那麼誇張啦。很久沒看到同學了，能和她們見見面，我也很高興啊。」

琉璃姬看向我說道：

「妳叫做繪里世對吧。關於小春的事情，妳有沒有什麼消息？」

她和小春都是淘汰賽的選手，也很擔心小春的狀況。

「就我所知，我也只聽說她已經回萊登佛斯家去療傷了，除此之外就……」

「這樣啊……」

卡琳也皺起眉頭。

「小春她……應該是手臂受傷對吧？傷得很嚴重嗎？」

「詳細情況我也不清楚，是不會有什麼性命危險。」

「這樣，那應該就沒事吧！」

卡琳的反應完全就是新世代會有的反應。靠現在的醫術能力，一般的傷勢都能完全復原。可是小春是在和恩桑比激戰的時候被刺傷手臂，而且傷到的還是有令咒存在的右手。

「這也很難說……」

琉璃姬低聲喃喃自語，臉上的表情忽然沉了下來，不過立刻又恢復笑容。

「比起我，繪里世應該更有機會與小春見面。如果妳見到她，麻煩妳代替我問候她。告訴她以後我們再上競技場較量一番。」

「好，我一定會記得告訴她。」

我也很想見小春一面，如今我一定會需要她的幫助。

琉璃姬抖了抖巫女服的衣袖，幹勁十足。

「好，我也突然有興致了。接下這份夜巡工作也沒什麼不可。遮那，妳覺得呢？」

她手一抬，牛若丸立刻從烤饅頭的攤位橫衝過來。

「詳情聽說！一切明白！在下早就知道主公絕對會答應這件事！」

「對吧！而且這樣下去，遮那的身手都要退步了。」

「可是主公，您雖然有習武，但是和這位繪里世姑娘不一樣，您對專業的魔法訣竅一概不懂，必須從簡單的工作開始做起，不可以一下子太過莽撞。」

「嗯嗯，妳說的也沒錯。」

「在下牛若，無論何時何地都願意為主公殺敵防身，保護您的安全。可是馬賽克市裡的從者人數不知凡幾，和先前在競技場那種空有形式的刀劍對決比起來，不可相提並論。」

「ＯＫ！這我會小心……咦，還有嗎？」

「是的，提到其他在下憂心的事情，最近您父親對您學業的督管愈發嚴格，主公是不是想找個藉口逃避學業……？」

「無、無關緊要的事情就別提了！總而言之，我也很期待遮那有所發揮，比參加淘汰賽的時候更加看重喔！」

「那當然，這件事除了在下之外沒有人能夠勝任。因為主公自幼以來就有很強的抗爭本能啊。」

琉璃姫因為被人爆料，雙頰通紅。而牛若丸則是氣勢昂然。

且不論牛若丸，我先前還擔心琉璃姫內心裡是不是很消沉，看起來或許是我多操心了。別看她一副對什麼事都不縈於懷的樣子，好像還滿有膽識的。

「我覺得還是拒絕比較好。」

卡琳低聲說道，而且還是用那種一聽就是在潑冷水的低沉語調。

「——應該說我認為這種工作根本不應該存在。有心想做的人做不好，反而是最不想參與的人才適合，這世上哪有這樣的工作。」

「……卡琳？」

我原以為自己老早已經習慣卡琳的牢騷，現在卻讓我有些著急，試圖想要解釋。

「我也不是想把這件事硬推給琉璃姬小姐——」

「這我當然明白，而且我也知道其實妳一點都不想把這份工作交給別人。妳做夜巡者也不是心甘情願，所以也不想讓別人去做。對吧？」

「……咦？這是什麼意思？」

我一股氣衝上來，想要反駁卡琳。

（我想自己獨占這份工作嗎？）

這是一個困難的決定，但好歹也是因為我想做好自己的責任，才會做出這樣的選擇啊。

而且我也希望卡琳能夠體諒，所以今天才特地叫她一起來——

「…………」

這時候我才發現，一對淡藍色的眼眸正凝視著我。

Voyager 無瑕的眼神讓我說不出話來。

他不是擔心我和卡琳鬧翻。我覺得他的眼神中有一種更危險的意圖，好像在逼我把話講得更白更直接。可是該怎麼說呢……

「…………（呼呼呼呼）」

他手中拿著一個牛若丸剛炸好給他的熱呼呼炸饅頭，正鼓著小小的臉頰，專心大快朵頤。

我使盡腹肌的力氣，一邊忍住不笑出來一邊問他：

「Vo……Voyager……有向人家說謝謝嗎？」

「（呼）」

卡琳忍不住噗哧笑了出來。

另一方面，琉璃姬則是覺得很欽佩，雙手抱胸，不住點頭。

「妳們兩個人……很認真喔。連我都有點招架不住。和一般歡樂的女高中生比起來，根本是完全不同的世界。不過就是因為這樣，這份工作才顯得有趣。」

「我覺得琉璃姬小姐妳也滿天不怕地不怕的……」

「會嗎？我也覺得自己和那些生來就是新世代的孩子有點不一樣。」

「……這樣啊。因為琉璃姬小姐出生的年代正好是新舊世代的交界期嘛。」

這個問題有點微妙，對我這個沒有聖杯的異類而言不太好回答。

＊

無論如何，這樣夜巡工作的替代人選就找到了。

不管我怎麼用盡脣舌說明，恐怕他人都沒辦法明白這是一件多麼重要又困難的使命。

以前卡琳曾經告訴過我參加聖杯淘汰賽的選手是多麼認真，看來我到現在還是沒辦法認同，也無法理解。

我和琉璃姬約定好日後再聯絡，然後便離開神社境內。

接下來卡蓮．冰室或是其他卡蓮系列機應該就會在她身邊協助。就在我這麼想的時候，臨行之際卻被牛若丸暗暗挽留下來。

「——繪里世姑娘，還有卡琳姑娘，在下要感謝兩人的關心。兩位對在下主公的擔憂也是正確的。」

牛若丸離開御主身旁，獨自來找我們。

「任何衝著我們來的敵意，在下都會用手上的刀徹底排除……可是就如同在下方才立誓時提過的，主公的個性容易衝動，而且自幼如此。如果沒有狠狠碰上困難，撞個遍體鱗傷的話，是絕對不會住手的。她的父親為此也傷透了腦筋。」

「妳是說琉璃姬小姐那個看起來很嚴肅的爸爸嗎……」

卡琳這麼問道。她已經沒有剛才那一臉不滿的態度，看起來好像十分擔憂。讓家人操足了心的不孝女兒……和某人根本一個樣。

牛若丸露出微笑，彷彿想安撫卡琳的不安。

「就是因為這樣，所以才需要在下啊。揣度敵人的身手高低，判斷什麼時候應該要收手。這才是身為武將的在下應負的使命。如果情況真的危險到超出我們能力所及，在下承諾一定會挺身擋刀擋箭，讓主公平安逃離危險。」

「妳說什麼，牛若丸！怎麼可以這樣！」

卡琳往牛若丸直直逼近，嚇得她眨眨雙眼。

「這樣不可以嗎……唉呦……」

「當然不可以！你們這些英靈怎麼都……很自然地會做出這種很帥的事情呢！每個人明明都很聰明，可是又像笨蛋一樣——」

「等、等等，卡琳。妳這樣太沒禮貌了。」

我一邊安慰喪氣的牛若丸，一邊還要糾正卡琳，然後才告辭離開。牛若丸手上搖著烹飪夾，而Voyager也向她揮手。

「琉璃姬小姐看起來好像知道紅葉的事情。」

我們離開之後向卡琳這麼問道，她點點頭。

「不知曾幾何時，她們兩人好像彼此見過面。琉璃姬小姐說有時候會看到小紅來參拜，就記住她了。」

「紅葉來參拜菅原道真啊……」

菅原道真是平安時代前期的人物，而鬼女紅葉應該是大約一百年後，平安時代中期流傳的故事中的人物。當時正好是道真公死後的怨靈作祟正盛的時候。

（啊……）

我忘了一件更重要的前提。

就在我恍然大悟的時候，卡琳把已經變成靈體的紅葉說的話語轉述給我聽。

「不，小紅說不是。她說她是去參拜更久之前的神明。」

「……這樣啊……就是那個沒錯，是戶隱神社。那座小神社就是戶隱神社的建築對吧。」

「戶隱這地方，好像就在小紅的故鄉那一帶對吧。我記得是長野縣……是吧。」

「嗯，沒錯。就是戶隱山、鬼無里村、飯繩山**過去曾經存在**的那一帶……欸，卡琳妳是紅葉的御主，這些事情妳應該要知道才對啊？」

「啊哈哈，抱歉抱歉。」

追根究柢，湯島天神在合祀道真公之前，原本就是祭祀戶隱……也就是祭祀日本神話中天岩戶傳說眾神的神社。

現在既然沒辦法到信州的戶隱神社參拜，對鬼女紅葉而言，湯島天神的那座小神社就是她與故鄉的羈絆，對她的重要性不言而喻。

那座與戶隱有關的神社如今正守護著《秋葉原》的靈脈。如果紅葉在祈求城市平安的時候，內心懷抱著這樣的想法，那真是令人高興。

可是我卻糟蹋了她的心意，主動想要放棄。

（說到眾神……神靈類的從者。那些攻擊城市的傢伙絕對是神靈沒錯。）

神靈類的從者是神話時代的偉大眾神把一部分的神魂降靈在世上而形成的。即便馬賽克市有數不清的從者，神靈類從者也是屈指可數。一座都市可能也不知道有沒有一名。當中我還沒聽過有關於日本神話的從者。

（如果是民間信仰程度的小神，倒是有登錄幾個……）

如果顯現的話，祂們會得益於土地之利，成為相當強大的從者。

可是實際上卻沒有這樣，所以我才認為真正的信仰或許還留存在市民的心中。

「……請妳向紅葉說聲謝謝。」

「嗯？喔，妳是說參拜神社的事情嗎？照這樣說的話，Voyager 也一起拜了啊。」

「因為他什麼都愛模仿的關係啦。」

「真是單純，感覺好像剛出生的小孩一樣。」

Voyager 走在前面，我們注視著他的背影，走在公園中。

卡琳再次用認真的語氣問道。

「——然後呢，妳有什麼打算？妳應該是有事情要辦，所以才會把工作推給別人去做吧？」

「…………我沒有放棄夜巡的工作……如果可以的話，我還想回來繼續做。在我內心裡，我認為這是我必須做的工作。到時候琉璃姬小姐是否還要繼續做下去，就看她的想法了。」

我停下腳步，卡琳緊緊抓著我的手。

抓住那隻剛剛有令咒出現，這時候還覺得有些怪怪的左手……

「繪里里，妳認真回答我。我問的是妳自己想要怎麼做，和別人怎麼樣無關。」

「——繪里世要離開了。」

我倒吸了一口氣。

Voyager 代替我回答卡琳的問題，答得非常果決。

他的聲音彷彿出航的高亢鐘聲，宣告著時刻終於到來。

在我內心裡那原本無力垂下的風帆，因為迎上了沉重的不安與名為挑戰的順風而張滿。

感覺以前好像在哪本書裡看過這樣的光景。

卡琳又繼續問我們。

「……哪裡？你們要去哪裡？」

「去冬木。」

11

在我要離開《秋葉原》踏上旅程的當天凌晨——

卡琳出現在站前廣場的薄薄晨霧當中。

她獨自一個人站在這個廣場，就是先前她曾經伴著街頭藝人的吉他演奏引吭高歌的地方。

我昨晚把出發的訊息傳給她。

只要告訴卡琳，她一定會來。我知道她就是這樣的人。

我煩惱了很久，想來想去還是覺得只有這麼做才對。要是用類似欺瞞的方式從她眼前消失，之後我一定會後悔莫及。

「嗨，繪里里。」

她有些害臊地微微一笑。

「Voyager，你也早安啊。」

「……早。」

「早安，卡琳。」

少年輕搖的圍巾在灑落大地的晨光照耀下，綻出有如金色火炬般的光芒。到現在我還不太習慣身邊有這麼一抹講話有些大舌頭的聲音。

我很希望卡琳能夠和我一併同行，但同時又不希望她一起來。這兩種心情化成無法排遣的烏雲，重重壓在心頭上。

先前卡琳深陷那場殺戮風暴能夠全身而退，我認為只不過是她一次又一次運氣好而已。

而且上次的事件和過往那些突發性的從者事件完全不一樣，敵人是組織性的對手，所以光是與我同行就伴隨著危險。

（或者……是我太小看卡琳和紅葉嗎……？肯定是這樣沒錯，紅葉確實是個聰明人，但光是聰明……）

另外還有一個理由讓我不希望卡琳一起同行。那是一個很複雜的問題，現在我還沒有辦法釐清。

（和我締結契約的〝聖杯〞……以及和馬賽克市市民連結的〝聖杯〞，這兩者的根源真的相同嗎？）

我到現在活了十四年，那個讓卡琳在內所有市民擁有從者的〝聖杯〞晚了十四年，現在才想起我，把擁有從者的恩惠賜予我？我完全不這麼認為，也不希望真是如此。

我也試過死馬當活馬醫，直接問問Voyager，可是連他也是滿頭問號，沒辦法判斷。這也不能怪他，他連從者是什麼都不是很明白。聖杯給予從者的知識通常包括聖杯戰爭本身的資訊，還有現代的一般常識。可是這兩者Voyager都有所欠缺。

（要釐清也不是沒辦法……可是……）

只要我把左手的令咒其中〝一道〞用掉，自然就會真相大白。如果我的《聖杯》與馬賽克市民的《聖杯》具有相同的根源，那我用掉的令咒就會回復。可是現在這個時間點，說什麼都不能冒這種風險。要是我想錯的話，事情就無法挽回了。

（如果不是的話……就代表還有另一個〝聖杯〞存在……）

在確認清楚之前，現在還不能妄下斷言。

卡蓮說過——聖杯戰爭還沒結束。

如果有誰知道這個問題的答案，那就是千歲或是路修斯了。

可是事關令咒，沒辦法隨口說問就問。因為這是與魔術師的祕密相關的戰略性情報，而且也和付出龐大犧牲才在聖杯戰爭中勝出的他們本身息息相關，沒辦法訴諸親情。

（路修斯之前曾經對 Voyager 動槍……想要消滅我的從者。就是因為千歲認定 Voyager 很危險，對她而言是敵人！）

＊

列車順暢地在海上的鐵路橋上行走，有如滑行一般。

和我們一樣搭乘早班列車的旅客還很稀稀落落。

狹窄的四人座位內，我和卡琳相對而坐。

Voyager 在我身旁，緊貼著車窗。他今天一大早就很興奮，一刻都坐不住，一直催我催個不停。這次出門可不像牽狗狗去附近遛狗這麼簡單啊。

列車行駛沒多久就離開《秋葉原》的高樓叢林，窗外的風景也隨之一變。

十四年前變成無人廢墟的摩天大樓頂端，一根一根從灰色的海平面上突出。這種乏味的景色我和卡琳早就看慣了。

卡琳見Voyager看得目不轉睛，對他問道：

「你是第一次看到海嗎？昨天天滿宮那邊是人造沙灘嘛。」

「有房子。」

「嗯？房子？在哪裡？啊，你說海底下啊。」

卡琳也一起往下望，海面下隱隱約約可以看到建築物的影子。

大戰前人們生活的公寓以及商店街在水底向後退去。它們就如同睡美人一般，以不變的樣貌躺在這片海洋生物數量大減的海水裡。

「我看過大海喔，從天空上看的。我知道的海洋比這個更藍更藍——」

「湛藍的海洋啊，那一定是南國的海洋了。」

Voyager點頭應和卡琳。

我也低聲唸出南國海洋讓我想到的名詞。

「我記得好像叫做……卡納維爾角吧。就是佛羅里達的海岸，有火箭發射臺的那個。」

「嗯，對啊。佛羅里達。」

宇宙探測船航海家一號是在一九七七年夏天從面對大西洋的太空基地發射升空。距今大約半個世紀之前。

「那佛羅里達就是我的家囉。對吧，佛羅里達。」

「佛羅里達是你家嗎？嗯……這樣說我也不是很確定耶。」

主導航海家一號計畫的應該是位於加州帕薩迪納的NASA轄下研究所。可是探測船可能是在佛羅里達的太空中心建造的。身為英靈，他產生自我意識的時間點究竟是什麼時候？

是在探測船建造完成的時間點認知到自身的誕生嗎？或是早在探測計畫確定進行的時候呢？

「呵呵。」

看到我聳聳肩，他也只是微微笑著，不以為意。然後重新又看向窗外，瞇著眼睛，露出懷念的表情。

「我一直都感覺得到，也細細地聽著。不管是海風的感覺，或是海浪的聲音。」

他靜靜閉上眼，豎起耳朵聽。

「雷聲、雨聲、水泡聲，還有熔岩——這些都是這顆星球的聲音喔。他們說我必須把這些聲音全都記起來……可是一切全都變個樣了。」

Voyager 靠在車窗玻璃上，一邊追尋著回憶，看起來好像正在側耳傾聽地球的聲音。

「我也聽不到鯨魚的歌聲了。」

「……鯨魚會唱歌嗎？什麼樣的聲音？」

「牠們會唱歌啊，還很好聽喔。」

Voyager 側著腦袋看著我們，好像在說我們怎麼連這種事都不知道。

「啾——」

「……啾？」

他又搬出拿手的那套模仿把戲了。

啾——啾——啾……咕咕咕、咕嚕咕嚕咕嚕……

少年突然站到走道上，口中一邊唱一邊扭擺身子舞動起來。他一定是在模仿鯨魚在海中立泳的模樣。

「……啊哈哈，我也是鯨魚喔。」

卡琳馬上也加入舞蹈。她一邊吟唱怪異的歌聲，一邊在 Voyager 身旁若即若離，擺動身姿繞著圈子。腳下點著悠緩的步伐，不時還加上帶點妖冶氣息的肚皮舞步。

「卡琳，妳真是的……」

我雖然覺得有些害臊，但現在車內空蕩蕩的，所以也沒辦法太堅持要求。少年的金色圍巾飄飄擺動，看起來彷彿好像真的置身在海中一般，讓人不禁想多看一會兒。

我從來沒看過真正的鯨魚，而且所有年輕人都和我一樣。可是少年曾經和鯨魚生活在相同的時代。說一架宇宙探測船活著，這種說法倒也挺奇怪的。

（Voyager……他是從者，真正的從者。）

經由這件簡單的小事，我重新有了這層體認。

不管是鯨魚還是海洋魚類，海中的生物數量已經所剩不多，就連海鳥也一樣。

這一切的一切都是《聖杯戰爭》造成的。

在列車到達目的地之前，我問了Voyager幾個問題。

如果是一般的從者，《聖杯》應該會輸入一些現代常識。我就是想確認一下他的現代常識到底有多少程度。要是一些應該知道的事情他卻不知道的話，緊急的時候就會非常麻煩。

……結果我想聽的答案幾乎一個都沒有，到頭來反而變成我要幫他上課。今天的教學大綱是關於《聖杯戰爭》。

其實早在我們締結契約之前，同樣的課程我已經重複過好幾遍了。難怪他能面不改色地說自己不知道什麼是戰爭。

「——關於十四年前發生的那場戰爭……《聖杯戰爭》相關的事情，我們在學校的義務教育裡都會學到，這可是我們的義務喔。並不是所有人都會想提起那場戰爭。也有一些家人希望可以的話，根本不要讓小孩子知道那些事。」

Voyager 察覺我在注意卡琳，也瞥了她一眼。卡琳裝做什麼都沒聽見，支頤看著車窗外的風景。

「發生了一場很大的戰爭吧。」

「嗯，是啊。一場很大的戰爭。那是歷史上規模最大的戰爭，地球上的所有生物都受到波及。所有國家以及人民，就連受到召喚而來的英靈都不免遭難……也是一場非常可怕的戰爭。所以我們的星球才會變成現在這副模樣。Voyager，你熟悉的那個美麗地球已經……只留存在那些空有相同外在的人造物質當中了。」

這是馬賽克市的國中生都知道的事實。

少年整個人都呆了，看著我的眼眸搖擺不定。這是我第一次看到他露出這麼哀痛的表情。

「…………」

卡琳一改剛才興奮的樣子，看起來很倦懶。她嘴角露出微笑，伸手到 Voyager

頭上，狠狠地猛搔一把，就像姊姊一時興起戲弄小弟弟那樣。

Voyager 繃著臉。這也是當然的，連我都沒有這樣對待過他。

「……那鯨魚呢？」

他這個單純的問題，我卻只能用殘酷的答案回答。

「大多數的鯨魚應該都成了戰爭下的犧牲品，牠們都被無人機的掃蕩行動害到。」

「無人機？」

「對，無人機。就是在天上飛，沒有人駕駛的武器。它們會自行判斷戰況，對敵人進行攻擊。之前的戰爭就是無人機的戰爭——有人推測，無人機最多的時候，一名士兵要對抗超過一萬臺無人機。從極小的昆蟲型，到大小和客機差不多的大型機，這些無人機半自動地在戰場上飛來飛去。不只是在天空飛的，其他還有挖掘地面侵入地下設施的無人機、在水裡游泳的無人機等等，當時開發出的種類多到很誇張的程度。還有些無人機能夠偽裝成海豚或是鯨魚，對潛水艇進行自爆攻擊。所以在戰時為了自保，只要有魚類靠近，不管是真是假都會進行攻擊……」

如果現在還有大型哺乳類生活在海裡的話，那真是不折不扣的奇蹟了。

卡納維爾角有美國的航太設施，所以頭一個成為戰場，如今已經變成一片荒野，滿地都是積滿髒水的隕石坑。佛羅里達的美麗大海已經不復見了。

「……那些無人機，就是機械對吧。那就和我一樣了。」

「一點都不一樣……！」

連我本人都沒想到自己的語氣會這麼重。

Voyager 睜大了雙眼，就連卡琳也驚訝地看著我。但是我還是繼續說下去：

「你怎麼會和那些無人機一樣……你雖然和戰爭、和武器有關聯，但是和無人機不同。」

卡琳也跟著說。

「……嗯，是沒錯。Voyager 和無人機應該是兩碼子事吧，因為無人機就如同惡魔一般。至少我們父執輩那一代對無人機非常畏懼，根本連提都不想提。我們住的馬賽克市雖然勉強把無人機都消滅了，可是聽他們說，戰爭結束後還有好一陣子，還有很多人為了處理那些無人機而犧牲。」

「……喔……」

Voyager 皺著眉頭，轉頭看了看正在行駛的列車車內。卡琳見他這樣，忍不住笑了出來。

這也難怪。乍看之下，這輛列車此時正行駛在一個完全沒有任何防備的地方。

「走在這條鐵軌上就不會有問題的，Voyager。因為這條連接馬賽克市區與區之間的鐵路也位於馬賽克市的結界之內，受到良好的保護。可是馬賽克市之外的地區可是一片地獄喔。」

為了維護最低限度的都市機能運作，是允許少許機能單一的無人機運作。那都是一些活動空間受到嚴格管制的監視用攝影機，到一些人類無法進入的地方檢測汙染狀況之類的。絕大部分都是需要人工操縱的舊世界無線操縱機，換句話說，和遙控玩具差不多。如果能用魔術取代的話都會盡量使用魔術。那些政府當局登錄在案，會被市民看到的機體也會顧慮到市民的情感，進行巧妙的偽裝。

「地獄啊……以前我根本不相信這些事，是從和繪里世混在一起之後才漸漸改觀。知道有那些來自**外界**的入侵者、**異邦**的從者之後，我才真的百分之百相信。」

沒錯，我們這一代的年輕人沒有一個人真正體會過**外頭**的慘狀，在日常生活中根本完全從沒意識到這件事。馬賽克市就是這麼一個和平的地方……但那也已經過去了。

「如今還是有無數的無人機隱藏在荒野中冬眠，它們都擁有半永久的壽命。如果有飛機在天上飛，感應到的無人機就會甦醒，立刻就會把飛機打下來。」

海洋也是一樣，航行在海上的船隻也會遭殃。

駕駛飄泊荷蘭船〝Flying Dutchman〞出航的亨德里克船長以及他的御主亞哈蘇魯斯，他們在出航的時候早就明白自己的航程隨時都伴隨著死亡的危險。這兩個人當真是受到神明與惡魔所詛咒。

而我要去的冬木也是必須得走過這樣一片可怕的地獄才能到達。

所以我必須要做足準備，需要強大的武器。

那是卡蓮·藤村遺留下來的**某樣東西**。

＊

——《新宿》。

這是我的父母曾經一同生活過的城市。

列車一路平安地到達了我的故鄉。

自從我在《秋葉原》獨居之後，回到這裡的次數寥寥可數。

就連那少數幾次也是因為〝工作〞的關係，迫於無奈才不得不來的。想當然耳，我也沒有回到那個千歲居住的老家去。

《新宿》就是馬賽克市的中心，現在也是實質上的首都。

這裡發展得很好，已經完全恢復戰前的榮景，居民的人口之多也是其他都市難以比較的。

比起以觀光度假為主要賣點的《秋葉原》，這座城市擁有的活力與熱情都完全不同。

《新宿》與其他城市相較之下，最大的特徵莫過於這裡進行過大規模的復古建設，重現〝昭和〞初期與〝大正〞時期的風土。

我不曉得大戰過後，《聖杯》在重建損壞都市的時候，多少程度上反映出人們的願望，可是這樣子改建真的很猛。

這裡的市民所感受到的懷念與鄉愁，只不過是經由人手創造出來的懷舊興趣而已。

一個世紀。一百年前的生活，又有誰是因為實際體驗過而記在內心裡的呢？

這裡就是我成長的都市《新宿》。

知道事實之後，這樣的自我欺瞞讓我感到非常羞恥，之後變得對什麼都無感了。

就像海鳥與鯨魚自大海中消失一樣，因為自從這個星球喪失自然環境之後，馬賽克市的異樣變成了所謂的正常，成了應該善加維護的日常。

誰受得了自己的故鄉、自己的根竟然只是一處主題樂園而已。

這樣根本就是荒唐的行為退化，叫人如何能感覺對故鄉有愛？

即便如此，人們……《新宿》還是選擇要接受這虛偽的鄉愁感。

——早晨的新宿車站人山人海。

當中大多數的人都是往來新宿通勤的上班族以及他們的從者。

可以看得到有些人一邊看報紙一邊等電車出發，也有些人正在車站裡商店匆匆忙忙吃著早餐。

那場造成大量人死亡的慘劇過後還不到一個禮拜，他們已經在若無其事地、默默地過著日常生活了，彷彿什麼事都沒發生過一般。

我有些無奈地嘆了一口氣。身旁的 Voyager 則是兩眼發光，興致勃勃地看著眼前的光景。這番風景和《秋葉原》悠閒的早晨截然不同，讓他感到很興奮。

感覺要是一個不注意，他可能就不知道跑到哪裡去。

「我們今天可不是來散步的喔。」

「……對喔。」

「就是這樣。」

另一方面，卡琳則是露骨地露出一臉不滿的表情，逼到我的眼前說道：

「欸，繪里里。今天不是要去冬木嗎？不是還要換成其他電車盡量走遠一點嗎？」

「怎麼可能一下子說去就去，再說現在根本已經沒有電車開往冬木了。」

「喔？嗄～～現在才懂得講大道理啊？明知不可為還一意孤行才痛快不是嗎？那妳幹麼還特地去拜託琉璃姬小姐代替妳接下夜巡的工作？」

旁邊的行人紛紛看向我們這裡，害我難堪得很。

「我說妳啊……我最討厭的活動就是那種事前根本毫無計畫的〝冒險〞了。」

「嗄？準備得萬無一失，把經驗值練到最強等級才開始，這根本就是遊戲玩家式的思考模式嘛。這樣還有什麼樂趣可言？」

「我才不需要什麼樂趣，又不是在玩遊戲。」

我不理會氣呼呼地抗議個沒完的卡琳，轉向 Voyager 對他說道：

「聽我說，Voyager。因為新宿這個地方滿大的，所以現在我要向你大概說明一下這整座城市。」

他聞言點了點頭。ＯＫ。

我們一邊說，一邊離開梳子型排列的發車站下車月臺，走向連接上層人行廣場天橋的通道。離開視野封閉的地下區，隔著窗終於能夠看到天空。

「——首先我們現在所在的大型建築物是〝新宿中央車站〞的站體內部。這裡是樞紐車站，通往《秋葉原》、《澀谷》與《多摩》等其他城市的電車都會從這裡往來。在這裡也可以搭乘像蜘蛛網一樣通往《新宿》各地的路面電車。」

一些可能是來自其他城市的市民，聚集在牆壁上的路線圖前。Voyager 對那張路線圖只是瞥了一眼而已。

我好言安撫還在吵個沒完的卡琳，一行人往車站外走去。從早上到現在都沒看到紅葉，但她應該是以靈體型態待在我們身邊。

「整個《新宿》呈現立體結構，就像是樹葉一層層堆積起來一樣。一片樹葉就是一處城鎮，分成好幾個街區。你看，前面是不是可以看到了？」

「……哇……啊！」

第一次看到《新宿》的街景好像讓他非常感動。他奔出車站，直接跑到附近廣場天橋的欄杆，撲了上去。

「嗚哇，喂，Voyager，啊哈哈哈。」

廣場上的鴿子嚇了一跳，同時鼓翅飛了起來。翅膀前端還搔到卡琳。

這片街景我早就已經看習慣了，但是對於一個才剛召喚到現世的舊世界從者而言，所有的一切都是新鮮的第一次接觸。Voyager 專心望著街景，我也站在他身旁。

「如果是比較大的城鎮，一個街區的大小從幾百平方公尺到一平方公里的面積都有，小一點的話就是幾十平方公尺大小。依照地址標示或是行政需要，大致分為上、中、下三層。」

「大樓、招牌、霓虹燈。這座城市好大，真的好大，而且還超級高的。一點一點疊上去，有些地方是白天，有些地方是晚上……好漂亮喔，就像珊瑚一樣。」

「珊瑚……喔，你是說海底生物的那個珊瑚啊？像嗎？也許吧。」

珊瑚這種東西，我只知道設置在人工海灘的那種人造假貨。摸起來觸感粗粗的，有很多突起物，顏色看起來很繽紛，我也不知道那到底和真正的珊瑚有多像。

可是在他眼裡，這座城市看起來就像是珊瑚那樣。

從都市中層的廣場天橋慢慢眺望街景的藍色眼眸望了一圈，然後又回到我的眼前。

「這裡就是角筈嗎？」

「……嗯，是啊。中央車站這一帶就是稱作〝角筈〞的城鎮，也是最大的城鎮。」

我伸出食指指向前方，用腳跟為主軸，如同風向雞一般繞了一圈。

「這裡的西邊就是〝柏木〞與〝淀橋〞；南邊是〝十二社〞；東邊是〝大久保〞與〝番眾〞。其他還有諸如愛住、若葉之類的小型城鎮，大致上就是這樣……」

「繪里世！」

「…………？」

我話才剛說完，Voyager 馬上就喊了我一聲。他抓住欄杆扶手，一邊努力踮起腳尖，一邊指著遠遠高層的城鎮一隅。

「怎、怎麼樣？」

「那裡就是〝花園〞對吧？就是繪里世妳出生的地方。」

我刻意沒提到的城鎮名稱，卻從笑容滿面的他嘴裡喊了出來。

他應該是察覺我有意識到那個地方。然後和剛才一瞬間看到就記下來的《新宿》鐵路路線圖相對照，才猜出那裡是什麼地方。

「這個地方真漂亮。有好多人，也有好多綠意，都充滿著活力。」

「……嗯。」

我有些尷尬地點頭回答。Voyager 好像找到什麼寶物似地嘴角綻出笑意，發出輕笑聲。

──沒錯，千歲的住家就在〝花園〞，我的父母也在那裡住過短短一段時間。可是在我眼中，那裡就像是堆滿了到處收集來的垃圾、滿是砂塵的小花壇。

這座城市**白晝的那一面**和《秋葉原》比起來，現出實體的從者比較少。從者就算現出實體，也不是到處閒逛，而是正在進行有目的活動。也有很多從者在協助御主的工作，身上穿著套裝或是辦公室的制服。

「卡琳，妳常常來《新宿》嗎？」

「啊？我嗎……沒有，我很少來這裡。《新宿》這裡感覺就是專門給大人玩的地方嘛，根本沒什麼東西可以玩。」

「是嗎……我覺得不會耶。那些大人去的鬧區確實是很五花八門，什麼都有啦。可是妳想想，這裡有博物館、百貨公司。可以去的地方很多啊，比方說餐廳等等。」

「餐廳啊……妳這樣一講，我好像的確和家人一起來這裡吃過飯。在中村屋吃咖哩。

「是喔。」

「很久以前的事情了。咖哩明明到處都可以吃得到，為什麼還特地跑到這裡來。一提到食物我就肚子餓了，找個地方吃飯去吧。喔，我看到一家麵包店的麵包剛出爐！」

「我們不是來玩的。再說現在又還沒到中午吃飯時間，我還得去見一個人呢。」

「什麼啊，原來妳已經和人有約了啊。妳要見的人應該就是卡蓮吧？《新宿》的城市管理ＡＩ。」

「……是沒錯，妳怎麼知道？」

這傢伙的直覺有時候真是莫名地敏銳。

想必她應該還不知道我找卡蓮要談什麼事。她應該也不知道自從找到人接替夜巡工作之後，我好幾次聯絡卡蓮．冰室，可是對方都給我保持休眠，完全不理我，連個像樣的回應都沒給。

「因為繪里里，妳根本沒朋友啊。需要特地跑到《新宿》來的事情，我猜大概就是來找卡蓮了。」

「妳就靠這種隨便的推理猜出來的？」

「繪里世沒有朋友嗎？」

「……呃……」

就連Voyager都抬眼望著我，皺著眉頭一臉好像很擔心的模樣……或者應該說一臉同情的模樣。不要，請你別露出那樣的表情。

「……有啊。真的有嘛。我只是沒有同年齡的朋友而已……再說交朋友講究的不是人多人少吧？」

兩人又是滿臉懷疑地瞪著我。你們很煩耶。

「還有一件事，卡琳，那個人不是〝卡蓮〞……我希望妳用識別名稱〝冰室〞來叫她，即便她的確也是卡蓮系列機的一員。」

「……啊，也是啦。抱歉——嗯，什麼？」

卡琳發現周遭有點異樣，移開視線。

我也覺得好像有人在叫我，回過頭去。在站前馬路的商店街前有人群聚集，吸引我們注意的聲音就是從那裡傳出來的。

「伊莉～！」

「伊莉妹妹～！」

「伊莉莉～！」

「伊莉大人！」

「伊莉大小姐！」

（……什麼？）

充耳滿滿都是伊莉伊莉的高亢歡呼聲，正是我從前的**暱稱**。到底是怎樣？

「他們在叫妳的小名對吧？那些人是妳的朋友嗎？」

「啊？不是……應該吧……」

「我們過去看看吧。」

聽到那個名字好像炒熱氣氛般被人喊個不停，我們忍受不住那股魔力，靠上前去看看。結果那裡是一處服裝租賃店的店門口前，店鋪才剛開張沒多久。幸好人群聚集的原因不是因為走路屍體的關係。

店門口那群人大約有三十幾個，一整團人滿為患。

被那群大呼小叫的人包圍在中間的，是一群樣貌華美的少女，渾身散發出的氣場讓周遭氣氛整個熱絡起來。

那是一名女性從者，一頭長髮如鮮血般豔紅，頭上長著兩隻彎曲的角，腰上還生著如爬蟲類般的柔軟尾巴。

（搞什麼，原來是她啊——）

那特別的容貌我曾經看過。

她的真名是〝巴托里．伊爾潔貝〞，又名〝伊莉莎白．巴托里〞。

在這麼一個場所竟然有多達**五個她**齊聚一堂，身上都穿著復古風格的服飾。

她是匈牙利的伯爵夫人，原本以惡女著稱。現在會以年輕少女的模樣現世，肯定是因為《聖杯》那不正常的調配，讓她以殘忍與天真兩種個性取得最佳平衡的全盛時期出現。

「看起來如何呢？各位小松鼠與小豬豬，這種叫做大正摩登的款式，我穿起來好看嗎？」

「沒關係，你們盡量拍吧。」

「小狗崽子，你在看誰啊，要拍我啊！」

箭矢紋花色與山茶花花色的和服配上深藍色褲裙，這是《新宿》的女性市民最正統的打扮之一。她們擺出各種嬌俏迷人的姿勢，讓現場眾人智慧型手機的相機閃光燈閃個不停。

「原來……我們以為聽到繪里……其實是伊莉莎白的〝伊莉〞啊。真的很容易混

淆耶。」（註1）

Voyager也立刻察覺她們都是從者。

「她們長得都一樣耶，是五胞胎嗎？」

「不是喔，她們不是五胞胎。而是同一名從者被召喚出好幾個人。不過我也是第一次看到這麼多相同靈基的從者湊在一起。」

「喔，原來也有這樣的啊。」

她們這群人可能連職階也各自不同，但光是現在這樣也已經很稀奇了。

周圍這些人應該就是她們的御主，以及伊莉莎白的熱情粉絲吧。

服飾租賃店好像是馬賽克市看準來自其他城市的遊客而產生的新興服務業。人類的客人會租借昭和初期或是大正時期的真正服裝。

然後針對從者的客人，則是由專業的魔術師用固定一段時間具有效力的靈衣以極小層級披在身上。我想應該是讓客人拿著具有魔力的小顆寶石，掛在手腕或是胸口位置避免太過顯眼。

註1「伊莉」的日文發音與「繪里」相同。

其實以前就有符合《新宿》文化水準的普通服飾出租店，可是服務對象包含從者這一點確實是很新穎。

畢竟這是一種侵入靈基的駭客技術，在魔術層面來說是相當高深的技術，要是在以前可是違法的。不過看這家店這麼大剌剌地開店宣傳，看來規範已經放寬了。

「原來這是伊莉莎白的線下見面會，難怪難怪。」

「妳也知道伊莉莎白？」

「是啊，時不時會看到。因為有好幾個伊莉莎白就住在《澀谷》，在一些小型音樂廳或是大型電子看板上常常看到。我自己也去聽過一次現場演唱，去一次就怕到了。」

「會嗎？我覺得她的嗓音還不錯啊……那這些圍觀的人也都是從《澀谷》到這裡玩的遊客囉。」

這麼說來，就「爬蟲類與大角」這兩點來說，紅葉與伊莉莎白倒是有相同之處。只不過伊莉莎白是龍種屬性，我們家的鬼女則幾乎完全是恐龍屬性了。

「話說回來了，繪里妹子。妳不覺得那些復古風服不錯看嗎？好像叫做摩登女郎是吧？看起來超可愛的！妳看嘛，下了電車之後，只有我這身打扮看起來就是格格不入。所以說囉，我一直在想——」

「我不會去租衣服喔，我可不想多做些不必要的事情。」

我握著 Voyager 的手，邁開步伐急急就走。要是陪卡琳滿足她的好奇心，時間再多都不夠用。

「啊——!?讓人家穿嘛——摩登女郎——摩女——！」

伊莉莎白的粉絲群眾也同時開始移動，我們一行人就這樣被牽連進去，在人群中擠來擠去，好不容易才跳上正好開進廣場裡的路面電車。

＊

為了去見那位冷面的冰室，我們來到這座城市的鬧區。

這裡位於歌舞伎座的裡邊，霓虹招牌五光十色，整個街景看起來十分詭異。

根據以前掌握到的情報，我推測在這裡最有可能找到冰室的行蹤。

（如果事先告訴她我們要來的話，她絕對會跑掉。我就直接走到她面前……！）

位於上層的城鎮建物遮住日照的關係，現在明明還是上午，可是周圍卻一片陰暗，彷彿夜幕即將降臨。

這是刻意的。以鬧市而言，這種氣氛大概是再好不過了。像這樣舒適的糜爛空間，會不分晝夜吸引身心疲憊的大人們往這裡去。

因為工作的關係，不管任何場所我都有機會潛入，可是要我直接大刺刺走進這裡，我也會有些猶豫。

特別這次還有卡琳在一起，而且我還帶著 Voyager，雖然他是從者，可是從外表上來看完全就是一個小孩子。

站在鬧區街頭攬客的那些人，通常不喜歡像我們這樣的小孩子晃進他們的工作場所。表面上的理由固然是因為會教壞小孩子、無法保證兒童安全。可是最根本的理由，小孩子會讓一般的顧客想起自己的家庭，所以大人的遊樂場都不歡迎小孩子，會妨礙生意。

走下路面電車，香菸的氣味立即撲鼻而來。

還有帶點甜香的化妝品白粉的氣味。

香頌歌手慵懶的歌聲、略帶幾分寂寥的吉他音色。

酒醉客人大呼小叫的乾杯聲、吵架的怒罵聲，還有麻將的洗牌聲。

無論我們身上穿得是不是復古風格服飾，這裡完全不是我們該來的地方。事實上好幾次都有大人叫住我們，粗聲粗氣地想把我們趕走。

可是我是在《新宿》出生長大的，當然知道要怎麼應對。

如果是應付皮條客，就要搬出這一帶有名道上人物的名號來牽制；要是面對多管閒事的一般客人，就編一套謊言引人同情，躲避追究。

可是對於那些以輔導青少年為業的專業人士，這些謊言把戲都不管用，只能盡量逃跑了。

要是以前有城市管理ＡＩ卡蓮提供支援的時候，只要告訴對方我是維持《秋葉原》治安的夜巡者，哪裡都可以進去。可是現在已經沒辦法期待有這種自由了。

以前我曾經總是覺得很奇怪，為什麼經過重新建構的《新宿》還需要這麼一個龍蛇混雜又髒兮兮的地方。

可是當我開始從事剿滅違法從者的行當，接觸到他們的御主那執著難捨的欲望之後，才終於了解到這個場所對大人而言是多麼寶貴的地方。

我也隱約察覺到，為什麼千歲會允許《聖杯》讓昭和、大正時代那些不道德又詭異的過往遺產在戰後的新世界又重新復甦。

——不是只有美麗的事物才能療癒人心。

雖然多多少少兜了一些圈子，我們終於還是來到目的地附近。

我們要去的，是一間叫做『麗人座會館』的茶室。

「茶室？」

「查事？」

卡琳與 Voyager 聽了店名都露出一臉問號。

「叫茶室的話應該就是茶飲店吧？也就是說他們有提供飲品囉？」

「不只是茶飲而已，所謂的〝茶室〞就是……唉呀，反正去了就知道。嗯，Voyager 可能有點不太適合……還是請你變成靈體比較好。」

「變成靈體……」

少年傻傻地眨著藍色大眼睛。

「要怎麼變成靈體啊？我不知道耶……」

「……咦？你不會？咦，這是騙我的吧？」

之前少年的確不曾解除實體，變成靈體型態過。

馬賽克市有些從者極端討厭變成靈體，可是他們最終還是會聽從御主的意思。我之前只是隱隱認為 Voyager 的個性、性質也是屬於這類型的從者……我還一直以為我們用《令咒》相結合，藉由《聖杯》交換契約之後，情況就會改善。

再說從者就是英靈——也就是在其他時間軸結束生命的亡靈，藉由降靈儀式召喚到這世上。以魔術的角度來看，靈體狀態才是最平常、最接近他們自然狀態的樣子。

因為有《聖杯》無與倫比的強大魔力供給，馬賽克市才有那麼多英靈顯現，並且化為實體。數量之多前所未見。

召喚從者與擁有從者的喜悅讓我沖昏了頭，我竟然傻到忘了確認Voyager有沒有具備這種基本性能。這種問題會變成一大弱項，在我之後類似偵探調查的行動當中可能造成致命的影響。

「……完蛋……」

卡琳像個沒事人一般，提醒臉色發青的我。

「怎麼了？Voyager不懂得怎麼變成靈體嗎？那就請小紅幫忙看看啊，順便叫她教一教怎麼變。」

「對、對喔……就請紅葉她……」

有那麼一剎那，我還覺得這個主意不錯，可是下一秒鐘又陷入失望。

要用什麼方式教他？紅葉是Berserker，根本不會說話。

像靈體化這種無法用言語表現，除了靠個人的自我經驗之外根本無法具體說明的行為，當然沒辦法用禮裝的翻譯APP表現。然後卡琳雖然能夠和鬼女紅葉心電感應，可是她的魔術知識與相關詞彙也不夠深厚，沒辦法向他人說明！

——就在這個時候。

有一個人從小路深處的暗巷中猛地衝了出來。

（卡琳——！）

卡琳的位置正好會被撞上，可是她卻毫無所覺。我使出自己強化過的腳力，搶先一步上前擋著她。

可是一頭恐龍的尾巴比我的動作更快，捲過來護住我和卡琳。

（紅葉……！）

「哇哇哇！」

那個衝出來的高䠷人影在撞上之前身子往前一倒，勉強煞住腳步。

「什、什麼？怎麼連小紅都……」

紅葉短暫地現出實體，只留下一陣帶有威嚇性質的低吼聲，然後立刻又消失無蹤。

「你怎麼不小心——是、是你……？」

出現在現場的是一名我和卡琳都認識的男子。

一頭亂糟糟的黑髮與藍色眼眸，身上穿著與新宿的氣氛完全不搭的阿羅哈衫。

沒錯，就是那個我們在《秋葉原》的廣場遇見過的街頭藝人！

「朽目先生……這不是朽目先生嗎？大叔，怎麼這麼巧啊！」

卡琳綻出開朗的表情，完全沒有理會我和紅葉剛才還那麼為她操心。

男子流露出動搖的態度，臉上完全就是一副在不恰當的場合給人撞見的表情。

他彎曲嘴角，露出苦笑。

「我不是大叔啦……啊，原來是妳們？抱歉，我現在正好有事要忙——」

「好像是喔，看你喘成這樣。」

我一邊確認 Voyager 有在我身後，一邊冷冷回應道。

「不好意思啊，我會另外找機會彌補上次放妳們鴿子的事。」

「欸，怎麼了？我們才碰面耶，你要去哪裡？」

「唉，真的不好意思——呃噗！」

正當朽目擺手準備拔腿就跑的時候——

一條細長的紅布滴溜溜地就像長蛇般捲住他的脖子。朽目拚命掙扎，還想逃脫，紅布繼續纏住他的上半身，把他束得緊緊的。

「——什麼？朽目先生，你在做什麼啊!?」

卡琳上前想要抓住朽目，幫他解開那塊奇怪的紅布。可是已經來不及了。那塊紅布不由分說硬是把朽目往後拉倒，直接向著暗巷的陰暗處拖過去。

男子被這股強大的拉力扯動，雖然一直掙扎，但就像被抓住的獵物一般，很快便動彈不得。

「……這個是……！」

那塊亞麻布染成一片火紅色，令人看了印象深刻，正是我這次來《新宿》要找的東西。

（是『聖骸布』……！卡蓮老師的遺物！）

那是以男性為使用對象的禮裝，同時也是第一級的聖遺物。與『聖槍』、『聖釘』並列為魔術界最具代表性的神器。

競技場事件過後，千歲命我要把卡蓮的遺體與聖骸布一起回收過來。聖骸布的下一個主人應該是繼承卡蓮系列機統合權限的ＡＩ卡蓮・冰室才對，可是我手邊卻只有老師破掉的眼鏡而已。

「那個人，是之前彈吉他的人對吧。哇……看起來好痛喔。」

Voyager似乎本能地對聖骸布感到畏懼。讓我驚訝的是，我竟然能微微感受到他的情緒。

「……我們去看看吧！」

我吞了一口唾沫，三人一起往暗巷深處走去。等到眼睛習慣昏暗的環境後，眼前果真站著一個人。那個抓著聖骸布的一端，站在暗處的是一個我沒料到的人物。

「——沒什麼好看的。快滾開，小鬼頭。」

那是一名身穿三件一套完整男性西裝的成年女性。

要是扣掉靴子的高度，那人的身高可能還比我稍微矮一點。可是她一身散發出不容反抗的魄力，讓人一點都不覺得她很矮。此時她的模樣彷彿就像是降伏惡鬼，踩在腳下的毘沙門天一般，魄力更是驚人。

看起來對方只有單獨一人而已。

她不是冰室，也不是卡蓮系列機，到底是什麼人。

總之**我能夠分辨得出來**這名女子不是從者，而是貨真價實的人類。既然這樣，那就得提防對方搭檔的從者可能會驟然發動攻擊。

卡琳不理會我已經提高戒心，跑到倒地的朽目身旁。

「糟糕！他都已經翻白眼了。大叔，你沒事吧？還活著嗎？朽目先生！」

「……」

看到有人不理會自己的制止跑上前去，穿著西裝的女性不悅地瞇起眼睛。

「目前我還不會殺他。我還有事情要從他口中問清楚。」

「不、不可以！怎麼能這樣，他都已經這麼痛苦了！」

卡琳抗議說道，一邊拿起手機立刻就要打電話報警。

「——嘖！」

那女子厭煩地咂舌，沒拿東西的左手豎起食指與中指，微微劃了一下。

「啊……這是怎麼回事？」

卡琳看著手機畫面大吃一驚，電話撥打畫面的緊急通報被強制取消，又回到一般畫面。

（她用了『高等通訊權限』——!?）

擁有高等通訊權限的人可以祕密旁聽市民之間的通話，也可以切斷通話。我自己也曾經參與獵捕從者的搜索行動，迫於工作需要，所以曾經短暫擁有過這項權限。如果沒有城市管理ＡＩ的話，很難得到這項權限。

換句話說，她的行為不光是情侶吵架或是暴力組織在動私刑而已。

朽目歪七扭八地橫躺在地上，卡琳待在他身旁，正不知該如何是好。然後她立

刻抬起頭，狠狠看向那名操控聖骸布的女子。

（啊，糟糕，大事不妙了……卡琳那傢伙想要把紅葉叫出來嗎!?沒想到她竟然那麼氣……）

「等、先等一下，卡琳！」

「幹麼啦！」

我把手按在卡琳因為緊張與憤怒而繃緊的肩膀上。

「妳先聽我說，那個人可能不是什麼壞人。」

「妳說什麼？」

也難怪卡琳會這麼困惑——可是拜託千萬別逼得我要親手獵殺失控的紅葉。

「請問……！妳是這座城市的刑警……？不，不對。妳該不會是……夜巡者吧？」

「……嗄？」

她對〝夜巡〞兩個字有很明顯的反應。

（——這樣啊，果然沒錯。）

Voyager一直在我身後窺視著這場爭論，那名女子向他看了一眼，然後又凝視著我。有短短的一剎那間，我認為他好像也向著卡琳身後那片無人的空間瞟了一眼，應該是在確認外頭馬路上有沒有閒雜人等靠近。

「…………」

即便那名女子腳下施力，狠狠踩住不斷後退想伺機逃跑的朽目的屁股，她的視線也沒有從我身上移開。

我甚至感覺她好像一邊思考，一邊在等待著什麼。

沉默的幾秒鐘過去，最後她還是沒有回答我的問題，單方面對我說道：

「妳……是宇津見的女兒嗎？」

「……什麼？」

我大吃一驚，正想要開口，卻被她打斷。她繼續說道：

「妳在競技場那時候可真是徹底失敗。讓那麼多人死掉，結果主要嫌犯一個都沒抓到，最後甚至還賠上了卡蓮・藤村的性命。」

……我一句話都說不出來，根本無言以對。

意外的是那名女子似乎知道我，可是我卻根本想不起來她到底是誰。

「喂！妳幹麼一開口就罵人啊！」

卡琳激動地大聲說道。

「繪里世可是被害者耶！事件發生當天，她本來是被禁止工作，只是恰巧人也在競技場而已。她只是在現場被捲入事件，也已經盡己所能幫忙了！妳有什麼立場擺高姿態教訓人！」

「我想妳身邊的人大概也只會體諒妳的心情而已，既然都沒有人願意開口，要我說幾遍都行。省得妳以後再惹出一些窩囊事來。」

「什麼!?誰要妳多管閒事！」

「卡琳……沒關係的。她說的也是事實……」

雖然卡琳努力幫我辯護，但女子一針見血的言詞還是讓我心如刀割。

卡琳抓著朽目，拚了命把聖骸布拉鬆，讓朽目的嘴巴與聖骸布之間稍微有點縫隙。朽目又發出粗重的急喘聲，渾身癱軟下來。

聖骸布的綑綁力道不是一介國中女生就可以拉鬆的，是那個操縱聖骸布的女性刻意調整了力道。

朽目已經如同砧板上等著任人宰割的魚，這也是為了保住他的小命。

「——這傢伙是馬林科夫。」

女子這樣告訴我們。

「咦？馬林……什麼夫？」

「他自稱是秋葉原的馬林科夫，一邊輾轉在《新宿》人多的地方往來，一邊在當街頭吉他手。」

「朽目先生，原來你也有在做這樣的工作？對了，你能說話嗎？」

卡琳戳了戳朽目的腦袋。

「哈哈……沒事沒事，完全不要緊……咳……沒錯，因為可以賺不少錢啊。在這些地方喝酒的人啊，只要我彈奏一些站前他們看過的動畫歌曲，他們都會聽得如痴如醉。有些人還會聽到哭，我彈起來都覺得很滿足……」

「怎麼說呢……應該說你耐打嗎？看你精神還滿好的嘛，朽目先生。」

雖然被整得很慘，但至少還沒到骨折的地步。

卡琳好像也多少放心了一點，看起來已經沒有想要喚出紅葉的樣子。幸好最糟糕的局面沒有發生，沒有演變成打群架場面。

「哼，聽妳這麼一說，他的本名的確是叫做朽目。要是你另外還犯下對小孩子有不軌行為的罪行，到時候我再來好好問個水落石出。在那之前得先審問一番——」

「……什麼審問？」

那名女子好像有些猶豫的樣子。

我還以為這次她一定會毫不留情把我們趕走，但她卻沒趕人。可能是因為她了解到我和卡琳與之前的事件有牽連，認為自己要是不稍微解釋一下的話，我們不會願意退讓。她微微嘆了一口氣，開口說道：

「——這傢伙是我雇用的人，我的眼線。」

這個答案太出乎我意料之外，連卡琳都啞口無言了。

「先前我在調查〝劫掠令咒〞案件的時候，這傢伙竟然給了我假情報。多虧這傢伙，《秋葉原》才會人手不足……剩下的事情妳們自己去問冰室。」

「冰室她人在麗人座會館嗎!?」

「——是啊，她在。」

受託管理這條貴重的聖骸布，而且又從她口中提到冰室的名字，由此可知這名女子確實是〝夜巡者〞無誤。可是我從前完全不知道這個人的存在。

她要我自己去問冰室，看來是不會老實把內部情報告訴我了。

「……妳要在這種地方審問他嗎？」

我戰戰競競地問道。雖然說是審問，換句話說，就是要嚴刑拷打逼他開口吐實了。

「不，我的夥伴馬上就會來，我會叫他幫忙把這傢伙帶走。我剛才不是說過嗎？小孩子沒什麼好看的。」

我和卡琳確實是小孩子沒錯，不過感覺她這句話是特別講給 Voyager 聽的。本以為打從一開始見面以來，她就沒把 Voyager 放在眼裡，看來並非如此。

「最好別太折磨他喔，大姊姊。」

「……………」

Voyager 帶著哀戚的口吻向那名女子說道。他叫對方大姊姊，大姊姊耶。

當初親眼目睹競技場的慘劇時，Voyager 也表現地十分平淡。可是現在這不安的氣氛似乎讓他感覺到什麼。或者是說和我締結契約之後，使他產生某種變化嗎……？

「——這個人啊，可以創作出非常好聽的音樂。彈的曲子很優美。」

Voyager 似乎回想起之前在站前廣場的演奏光景，柔和的口氣與現場氣氛格格不入。

「可是……他似乎有一點悲傷。我在猜……他可能一直在尋找真正希望對方聆聽音樂的對象吧。」

杇目一邊重重咳了幾聲，一邊發出幾聲無力的輕笑。

「……我不會傷害他的手指與鼓膜。」

那名女子冷漠地告訴我們，她的溫情令人內心感到溫暖。

「嘿嘿……聽到妳這麼說，真是令人高興……謝啦，少年。」

「朽目先生，拜託你別表現得像個痞子好嗎？這樣看起來更像大叔了啦！小心你的腳毛會爆毛喔！」

「要妳管……妳哪懂啊……咳……」

（我是很想再讓卡琳多說個幾分鐘，可是……）

可是現在已經沒時間了，我只好下定決心催促她。

「卡琳——我有一件事要拜託妳。我說真的。」

「噢，什麼事情啦。」

「請妳帶著 Voyager 先到麗人座會館，我馬上就會跟上去。」

「…………嗄？」

「妳應該也聽見她剛才說的話了吧？如果她沒說謊，自然不能隨意放朽目先生走。就算要調查清楚，現在也只能交給這個人去處理——聽話，Voyager 也一起去。」

卡琳雖然有些不太情願，但還是聽從我的請求先走一步。

現在變成我和那名女子隔著朽目一對一說話了。

「妳就是《新宿》的夜巡者對吧，那條聖骸布也是冰室交給妳的。」

她默默地頷首。

「——沒什麼事的話，妳就趕快走吧。」

「我有事要拜託妳。可不可以讓我和他……和朽目先生獨處一下呢？只要一分鐘就好了！」

「當然不行，妳有沒有問題啊！」

「因、因為這是很私密的事情！」

「我可以給妳時間。但是我不會離開，聖骸布也不會放鬆。」

「……………好吧。」

我也只好放棄，在倒臥於地的朽目身旁蹲下。

「朽目先生……請你告訴我一件事。你對卡琳有什麼想法？」

朽目臉上掛著裝傻的笑容，一句話都不說。我又把自己的意思講得更明白。

「如果你只是用那種讓人誤會的態度在玩弄卡琳的話……希望你今後再也別出現在卡琳面前，我也不會讓你和她見面。」

「…………」

朽目沉默了一會兒，然後似乎也不再堅持，嘆了一口氣。

他的眼神就像那時候一樣低垂著，凝視著地面低聲喃喃說道：

「卡琳妹妹她的嗓音——真的很好聽。」

「……是啊。」

「我啊……只是想再多聽聽她的歌聲。只是這樣而已。」

「…………是這樣嗎？」

他這番話只是毫無矯飾的告白，只不過是稍微深度一點的閒談而已。

雖然朽目的態度總是令人捉摸不清，但不知為何，唯獨這時候我覺得他說話是真正出自內心。

如果他是為了接近我或是Voyager而利用了卡琳的好意，我原本還在想要狠狠痛扁他一頓。結果他這番話倒是大出我意料之外。

「一分鐘到了。」

那名女子彈了一聲手指。

用不著強化聽力，我也能聽見大型車輛的剎車聲，還有當局的隊伍攜帶著專用設備，一個一個往這裡走來的腳步聲。

可是我還有一件事必須向她問個清楚。這是一件對我來說非常重要的私事——

「請問——」

我有一個預感，這個問題千萬不能碰觸……但我就是忍不住想問。

「剛才妳叫我是〝宇津見的女兒〞……！要是知道我身家的人都一定會說我是那個真鶴千歲的親戚、桀驁不馴的孫女之類——為什麼妳會那樣叫我？」

就在我問話的當下，被黑衣隊員包圍的朽目已經被捆上最新型的拘束具，然後放在自動式的擔架上，宛如行李般被帶走。

完成任務的聖骸布獨自折得小小的，滑溜地收進那名暗巷女子的西裝懷內。

「這沒什麼好奇怪的，因為妳就是宇津見和那美的獨生女啊。」

「…………！」

這個人——知道我的父母——

她轉身就要離去，我嘶聲再問了她一個問題。

「名字……請問妳叫什麼名字？」

「已經沒有這個必要了。既然妳已經離開真鶴家，又擅自拋下夜巡者的職責，那就和我們的世界沒有任何關聯。妳就當個一般市民，平平安安地過生活吧。」

「…………怎麼。」

我無言以對。

——女子拒人於千里之外後便想離開，可是她突然停下腳步。

好像在喃喃低語什麼。

「……什麼……這樣就叫做多管閒事……好啦……」

（她在和什麼人通信嗎？好像不是自言自語……）

經過短暫的爭論之後，她心不甘情不願地回過頭，粗聲粗氣地說道：

「〝瑪琪〞，那是我的名字——掰啦，繪里世。」

＊

「原來是這樣子啊。」

這裡是『麗人座會館』的包廂，冰室點點頭說道。真是會裝傻。

她穿著箭矢紋的褲裙裝，完全是一身傳統女學生的風格打扮。還有那張臉上冷漠無情的撲克臉。

卡蓮系列機雖然大家都長得一樣，聲音也一樣，可是每個人的個性與用字遣詞卻大相逕庭。

老師也是有一種莫名堅持的人情味。而冰室這種徹頭徹尾冷酷的態度，我認為也算是另一種人性。不過這只是人類喜歡把自己的標準套在他人身上，而冰室是《聖杯》的人型介面，對她而言，我的想法算不上是一種讚美。

「那女孩──瑪琪原本似乎不打算和妳接觸，但既然已經碰上，那就沒辦法了。」

那位對黑社會也很熟悉的夜巡者瑪琪，我對她完全不了解。

再說了……這間茶室竟然是由冰室自身直接經營的店鋪……她原本在我內心中那個耿直頑固的印象都要垮了。

「……冰室，妳應該沒有常常待在這家店裡吧？」

「是的，我在這裡並不是專職工作。我把這間店當做與重要人士會談的場所，或者是合法的情報來源利用。外出的時候，我就會把店裡的工作全部交給經理管理。」

「是喔……」

先前當我垂頭喪氣，踏著沉重的腳步來到茶室。結果進到店內一看，裡頭的光景大出我預料之外。

成人風格的色彩與音樂、桃心木材質陳設的褐色。華貴又奢侈的裝飾品呈現的紅色與金色。店內洋溢著咖啡的芳香，還播放著柔情宛轉纏綿的歌謠曲。光是這樣倒還和一般的茶室沒什麼兩樣——

問題是被帶到半開放包廂座位的Voyager與卡琳。

一群穿著類似女僕裝、合併和洋風格圍裙裝扮的〝女侍〞，把坐在沙發上的金髮少年團團包圍。

少年不理會她們，只是我行我素地一口一口吃著店內免費供應的聖代。那些女侍對他異常親密，事事把他服侍得好好的。該怎麼說呢……根本是捧上天了。

從某處傳來充滿厭惡口氣的低語聲，說著死神兩個字。我裝作沒聽見。

「…………你在做什麼？扮王子殿下嗎？」

「（嚼嚼嚼，吞）……繪里世，這個東西叫做聖代，有香蕉、奶油還有布丁喔。超好吃的，一點都不辣。」

「我在問的不是這件事，你明白嗎？」

「好棒喔，吃起來有好幾種味道。我們必須再多加調查才行。」

「…………」

平常他總是文文靜靜地不太說話，沒想到還挺多話的。

另一方面卡琳也是差不多，我剛才的擔心完全是白操心，她和店裡的女侍聊得正開心，完全就像是一派熟客的模樣了。

實際上這裡禁止未成年的人進入，似乎是冰室了解我們的狀況，所以才讓我們進來的。

現在店裡的情況看起來雖然就像是晚上營業的時候，可是上午時間的客人很少，女侍們也都閒著沒事做。這時候跑來一對平常根本沒機會進來的少年與少女客人，店員們似乎都覺得很稀罕，非常歡迎他們。

正如我預料一般，這些女侍不只有人類，也有一些是從者。

（那位身段優雅的美女，如果我沒記錯，應該是……知名的女間諜瑪塔・哈麗！我曾經在舞蹈表演的舞臺上看過，她可是超有名的英靈……還有那個手中拿著步槍，一直瞪著我的凶巴巴黑髮女人……好像是女槍手安妮・奧克雷。她是店裡的保鑣，或者只是扮演成保鑣的模樣？那把步槍應該不是真槍吧……她們兩人雖然都穿著正統的褲裙裝，但本人還是很顯眼……）

因為她們兩人都是做過表演工作的英靈，所以適合做服務業……是這樣嗎？想起那些在競技場被當成表演動物的英靈，他們的驕傲以及自責，一陣苦悶又再次劃過心頭。

可是這家店和歷史上的茶室不一樣，過去那些女侍因為收入少又不穩定，為了賺取多一點工資而做出過度不當的服務，她們的不幸待遇在這裡並沒有重現。

這個地方是業主與客人在互有共識的情況下經營生意，彼此供需交換的場所。

而一手打理這家店的，就是現在與我面對面的卡蓮·冰室。

「——沒錯，是我提出把〝聖骸布〞交給瑪琪，而千歲也認可的。所以說繪里世，原則上這件事不會因為妳的要求而改變。」

「……我想也是。」

「前一陣子的事件讓市民的不安指數升高，我必須盡快讓市民放心，使用聖骸布是為了維持治安的必要措施，希望妳能了解。」

「…………我明白。」

其實我早就知道了。要人把卡蓮的遺物讓給我本來就太一廂情願。

難得終於和冰室見上一面，只是打個招呼就回去也太無聊，所以才試著拜託看看的。如果東西換成由妳保管的話，那就給我用一用好嗎？這種要求人家本來就不可能接受。

「事件發生之後，增加的城市管理業務已經讓妳焦頭爛額，現在的資源應該也不夠讓妳親自使用禮裝去處理問題吧。」

「妳說得沒錯，繪里世。妳寄給我的幾封信件，經過和其他多數市民的希望做過比較之後，我已經做適當的處置了。」

言下之意是因為優先度比較低，所以暫時不予處理……的意思嗎？絕對是騙人的。那點小事，只要在現在喝茶時間的時候用後臺系統，花個零點幾秒鐘就能解決掉了。一定又是千歲的指使！

「……不過關於琉璃姬的事情，很感謝妳的幫忙。」

「有幫上妳就好。天滿宮的琉璃姬也有定期向我報告。工作的交接似乎很順利，從者源九郎義經也很適應。實習期滿過後，我也會請她們擔任『秋葉原』的〃夜巡者〃。」

「……嗯。」

真是好消息，既然這樣就沒問題了。

算算時間，我也差不多該離開了。除了所有的要求都被打回票以外，這次談話非常鄭重，也很順利。就在我還在心想她怎麼沒有損我個一、二句的時候——

「真的很遺憾。」

冰室拿起冰紅茶的玻璃杯，低低說了一句。

「我本來還滿期待和妳搭檔一起〝工作〞的，繪里世。」

「……妳是說真心的嗎？」

「因為卡蓮．藤村從前對妳的評價很好。」

我忍不住露出苦笑。

「以前我老是挨老師罵，她從來沒有稱讚過我的工作成果。每次對我的評價要麼不及格，要麼就是低空飛過。」

「……」

冰室默默凝視著我一會兒。即便她這樣的態度只不過是經過程式調整的人格演出，但這段時間她用那比人類快幾億倍的思考能力在想些什麼呢？

「……雖然事先已經設定好，只要靈子核心消失就會開起自動繼承流程，可是在這個流程當中，卡蓮．藤村關於妳個人的情感記憶並沒有留存在我們卡蓮系列機的共享領域裡……肯定是因為她不想把這段記憶交給其他任何人吧。」

「……」

——我咬住嘴唇，努力不想讓冰室看見自己窩囊地掉眼淚。

瑪琪對我說過的話如同鋼釘般深深刺痛我的心。

之後我們兩人針對上次的事件彼此交換一些沒有見報的資訊。冰室提到一些當局的搜查狀況，以及城市監視網的分析報告，我則是提供一些從相熟的包打聽那裡得到的一些黑社會在事件之後的動向。

一如我的預期，搜查進度緩慢，沒有任何可以直接掌握到犯人足跡的線索。

我離開時，冰室這麼說道：

「如果妳對茶室的〝女侍〞工作有興趣，歡迎隨時再來。我等妳。」

「別忘了勞動基準法。」

「能幹如宇津見繪里世，還有在管勞動基準法嗎？」

冰室或許認為這是一種幽默，不過拜託她別用一臉認真的表情說這種話。我可是會忍不住當真的。

就在我想要離開房間的時候，在其他座位上等待的卡琳與 Voyager 出現了。

「嗨，冰室妹妹。謝謝妳招待的鬆餅，真的很好吃。」

「謝謝妳的招待。」

「貴安，卡琳小姐還有 Voyager 小弟，很高興餐點合你們的口味。卡琳小姐，勞煩妳向令尊轉達我的問候……」

「嗚嗯，嗯～～拜託妳別鬧了——對了，繪里里，妳問了嗎？」

卡琳看來很想盡快轉移話題，誇張地依偎在我身上。

「很重耶。妳說要問什麼？」

「那還用說嗎？就是剛才那個髮色像布丁一樣的大姊頭啊。她到底是何方神聖？」

「……布丁？」

少年歪著頭，一邊回味著甘甜的滋味。

髮色像布丁一樣……聽卡琳這麼一說，她的頭頂確實有頭髮染色的色差。

我裝在自己瀏海上的只是一種模仿接髮的禮裝，她那也是一種禮裝嗎？不，先不管是或不是──

「那種事情怎麼可能隨隨便便問得出來。不可以打聽或者插手〝夜巡者〞的工作內容，再說我現在已經──」

「妳們是想問專任特務瑪琪的事情嗎？如果是的話，我倒是可以透露。」

冰室說道。

「……咦？什麼？可以嗎？妳願意告訴我們嗎？」

卡琳得意洋洋，一臉「妳看吧」的表情。

冰室表示瑪琪並沒有特地交代不能說。有一個條件就是不能提到現在正在進行的案件，除此之外什麼問題都可以。

這樣的條件再正常不過，可是卡琳原本最期待的就是問清楚她逮捕朽目的原委，一聽到這個條件，表情便垮了下來，一臉不滿。

（我也不會就這樣放著不管……之後一定要好好查個水落石出。）

「其實本店那些耳聰目明的女侍們也都知道。」

冰室以這句話為開頭，接著繼續說道：

「——早在馬賽克市創設初期開始，瑪琪就已經在擔任特務協助千歲的工作了。那是比我裝設成為城市管理ＡＩ之前更早的事。」

「從那麼久以前就已經有〝夜巡者〞了嗎？」

換句話說，對我而言瑪琪是我的前輩了……真是愈來愈撲朔迷離。

「當時並沒有叫做夜巡者的稱呼，也沒有這種職業……應該說她是獨立活動的**魔術使用者**。」

「這樣嗎，那她比看上去還更老了。一定是經過不老處理返老還童，應該很勉強吧。」

「…………卡琳……別這樣。」

（她好像特別衝……）

新人類有時候在沒有惡意的情況下隨口談論別人的年齡問題。那是因為不管看起來年輕或是蒼老，完全都是本人想怎麼樣就怎麼樣。

對於舊世代的人來說，偽裝外貌的行為很不自然，也會伴隨著內疚情感。新人類打從一開始就沒有這種負面的價值觀。

「繪里世？妳和千歲雖然是親戚，但是長久以來卻一直不認識算起來可說是夜巡者同僚的瑪琪。其實這也很正常，因為她以前好幾次嘗試遠征到馬賽克市的外面，在當地進行長期調查。這次回來也是最近的事情。」

「馬賽克市外面……？」

「真……真的嗎!?怎麼去的!?」

這個話題和我們也有點關聯，而且光是這件事實就已經足夠令人驚嘆了。卡琳也睜大了眼睛。

「也難怪妳們會這麼驚訝，因為瑪琪具有迴避危險的能力。若非有這項能力，她恐怕也沒辦法從**那片土地**活著回來——**像冬木那樣的激戰地**。」

（————！）

一聽到這個地名，我渾身驟起雞皮疙瘩。

「……冬木……妳剛才是說冬木嗎？就是聖杯戰爭的其中一處戰地——」

「是的——瑪琪特務是冬木當地少數的生存者之一。」

冰室露出淡淡的微笑，這是她今天第一次放鬆嘴角。

那樣子看起來彷彿是在自嘲她犯下對我透露太多事情的過錯，真是會裝傻。

「她在那片土地經歷過的一切，對任何人而言恐怕都是難以抹滅的悽慘回憶。她從來沒有主動提起自己的過去，我也是聽卡蓮・藤村這樣說過而已，其他資訊一概不知……」

還請切莫見怪……冰室用這句話當做結尾，煞有其事地低下頭。

＊

到頭來，這趟《新宿》之行的成果是零。

想要的『聖骸布』沒拿到，偶然相遇的夜巡者瑪琪也沒什麼指望成為我們的夥伴。後來我還分別去找過黑社會裡的大人物、認識的情報販子打聽〝劫掠令咒〟後續的消息，結果這邊也沒什麼收穫。

我們在角落一隅的小公園內並排坐在混凝土打造成的遊具上，稍微歇歇腳。

「繪里里，妳不回家去嗎？那個妳說在花園的老家。」

「為什麼？我怎麼可能回去。」

「就去讓千歲奶奶看看妳嘛。」

「…………啊？妳說真的假的？」

卡琳沒有看到那個場面，真不知道是幸還是不幸。她沒有親眼看見路修斯持槍對著Voyager的那個令人震驚的畫面。即便之後我把那時候發生的事情告訴她，她好像一點也不相信的樣子。

再說了，要是平時的話千歲確實是足不出戶，可是此時此刻她應該也很忙，不在家裡吧。現在那裡只有空盪盪的無人昏暗房間而已。

「卡琳妳都這樣說了，那妳才應該要回去啊。回去《澀谷》那個家。」

「才不要。我就說這次回去的話，肯定會被禁足。我是很想見見我那些可愛的弟弟，現在也只能咬牙硬撐。忍耐忍耐……」

卡琳一邊說，一邊把Voyager緊緊抱在懷裡，在他頭上亂抓一把。

「…………繪里世……」

任人宰割的他用溼潤的眼眸向我訴苦，要我快點阻止卡琳。

雖然無奈，但我內心還是有點勝利的快感，正要伸出手，這時候卡琳忽然發現某件事。

「——嗯？這是什麼，在圍巾底下……皮革製的防風鏡？這不是我以前在繪里世房間裡看到的那個嗎？你把它拿來啦？」

「是繪里世給我的。」

「這樣啊——挺帥的嘛！你戴起來很好看喔！」

「……沒錯吧！我也覺得很好看。」

少年的表情一轉，露出喜孜孜的笑容。什麼嘛，現實的小子。

「卡琳，別露出一臉可疑人物的模樣。還有 Voyager 也是一樣，我可不想被輔導部門的人追著跑。」

……那副防風鏡是我父親留下來的遺物。我是這麼聽說的。

防風鏡本身的款式是設計成飛行員用的懷舊款，我父親好像在騎摩托車的時候會戴。

我曾經許下願望，要是哪天奇蹟發生，像我這樣的不良品也能召喚從者的話，我就要把這副防風鏡送給他。

所以今天早上離開房間前，我終於能夠親手把防風鏡交給 Voyager 的時候，內心還有點小感動。

只是防風鏡的尺寸對 Voyager 來說稍嫌大了一點，他只能掛在脖子上或是放在頭上……既然本人喜歡，應該也無妨吧。

那個人──瑪琪沒有隱瞞她認識我父親的事實。

所以她才會明明白白地用父親的姓氏「宇津見」叫我，甚至連我的母親叫做那美都知道。

我的祖母千鶴在生下父親之後，就把姓氏改回原本的舊姓「真鶴」。她這麼做，是因為要繼承魔術師家系，藉此表明心跡嗎？或者只是她個人要與家人訣別呢……我分辨不出來。

如果千歲還是像以前那樣，對我父母的過去三緘其口的話，那我還想要找機會和瑪琪再見一面。

我並不是希望她告訴我一些快樂祥和的回憶。只是想問問我的父母去世時的事情而已，不管是千歲、路修斯，甚至是老師都沒有告訴過我這些事。

然後……如果可能的話，我還想知道瑪琪她那不願意觸及的過去，哪怕是為了能再靠近冬木一點。

「如果卡琳與繪里世現在都**離家出走**的話，那就和我一樣啦。對不對？」

Voyager 一臉志得意滿地說道。

「哈哈，離家出走啊。你很會說嘛，Voyager。是這樣嗎，繪里世？」

「嗯？離家出走和……Voyager 的探索宇宙之旅？這能混為一談嗎……？」

外出只是離開幾天或幾週，總有一天還是會回去，和沒有回頭路的半永久旅程完全不一樣。不，或者他想要表達的是——

「可是到頭來，我們只是在封閉於結界內的馬賽克市內來來去去而已，根本沒跑多遠，算不上離家出走嘛。」

（…………卡琳……）

卡琳露出寂寥的笑容，她這番話讓沉重的現實又壓在我們的心頭上。在我內心裡一直有一道很自虐的聲音，說著要去冬木根本是無可救藥的傻事。我知道這麼做很傻，但還是決定要邁開腳步。

這時候 Voyager 很溫柔地搖搖頭。

「——我們現在這是在拋擺。」

「……拋擺？」

這句天文學用語來得還真是突然。我記得好像也稱作 Fly by。

「嗯，一開始呢，會在鄰近的星星之間來來去去。然後一口氣飛得更高、更深，衝得好遠好遠——」

他當場站起來，筆直地指向天空。

「——我們會走得很遠喔。」

「…………………」

我和卡琳都沒有回話，一直看著他的指尖。看著他那又小又細的手指所指的方向。

左手的《令咒》在隱隱作痛。

他曾經說過自己遺忘了某件事，說我的期望就是他遺忘的事物。

他說要毀掉這個世界。即便這個世界現在已經壞得不成樣了。

（啊啊……這是渴求毀滅的願望……這就是皮匠師傅夢寐以求的血腥革命……和那頭黑犬的誘惑一模一樣。）

如果能夠把散落在世界各地的一切都送回《聖杯》去的話，我一定會讓親朋好友與深愛的故鄉都化作灰燼，甚至與整個世界為敵。

即便這麼做仍然無法讓我重新拿回已經喪失的事物。

＊

卡琳平時總是直來直往又不懂得客氣兩個字怎麼寫，唯獨今天有些安靜。

因為我雖然下定決心要前往冬木，可是才一開始就遇上困難，我消沉的態度連帶使得她都有些卻步。我原本還這麼揣測，隨即便改變想法。

（啊，不對……不是我的關係，而是因為朽目先生吧……應該是這樣沒錯……）

如果思念一個人對內心是這麼沉重的負擔，我就更沒興趣了。

我陪著懷抱心事的卡琳與Voyager在街上亂走，不斷換乘路面電車到處移動，可是城市本身非常和平，什麼事也沒有。要是感覺到濃厚的殺氣或是死亡氣息，我的〝邪靈〞第一時間就會有反應，可是現在它們一點動作也沒有。

這也難怪，因為冰室現在已經把大半資源都用在重建城市上，政府當局的調查員與從者也採取最高等級的警戒態勢。

（呼……光我自己一個人在緊張，事情也不會比較好轉啊……）

我放鬆緊繃的身子，嘆了一口氣。

「卡琳，我們要不要去吃吃Fruit parlour？中央車站前不是有一家很大的店鋪嗎？我請你們吃。」

「真的嗎？好耶，繪里里大小姐！今天吹的是什麼風，真的可以嗎？」

「哪有吹什麼風，妳太誇張了。明明我平常拿的工資不知道有幾成都給妳吃掉……反正我也要重新計畫今後的打算。如果是那裡的話，就算女國中生去也不會有人見怪吧。」

「我是沒去過水果點心店啦，應該沒錯吧。」

「嗯，我也沒去過。可是 Voyager 應該會很喜歡吧，難得去一次，希望紅葉也能進店裡去。」

於是我們又回到站前附近，走進一家設在大型水果店大樓的水果點心店。一走進店內就聞到撲鼻的水果香氣。

「Fruit parlour？」

「沒聽過啊？你不是講英文的嗎？咦，這句話該不會是和製英文吧？總之就是水果做成的甜點啦。一早開始就吃那麼多點心啊……」

不出所料，寬廣的座位上全都是女性。男性從者都很懂得看場合，全都隱藏身形。也有一些是一家人帶小孩來。帶著 Voyager 一起同行的我們，走進店裡也不會很奇怪。

其實我不太適應這樣的地方，對那些南國風味的水果也沒多喜歡。但是能夠體會一下這世上還有這麼一處安穩祥和的地方，這種感覺倒也不壞。

（話雖如此……一如往常的洗禮還是有啊……）

那些精通內線情報，看過我的從者暗地瞞著御主，毫不客氣地對我投來厭惡的眼神。他們在想，這種不祥之人出現在這地方到底想做什麼。

我下意識地避開人多的地方，往店內走去。在我們的位置斜對面的桌子旁，兩名很顯眼的女性從者正對坐交談。因為附近沒看到她們的御主，使得兩人更引人注目。其中一人我們還見過。

「那不是喀耳刻嗎？是她沒錯吧？」

卡琳立刻也察覺了。那個人就是在競技場擔任實況轉播，自稱大魔女的人。

（喀耳刻……住在希臘神話中的艾尤島上，極為危險的魔女……）

神話中她最讓人耳熟能詳的故事就是把船員都變成豬，可是真正可怕的是她擁有的知識。她的魔術能夠操控物質與生命，加以任意變換，已經幾近**魔法**的領域。

不知道為什麼在競技場的時候卻扮成一副傻大姊、行事不循常理的個性，以此為賣點。

現在她只是喋喋不休地說個不停，完全沒把其他人放在眼裡，那模樣和先前在競技場上的形象完全一個樣。同席的女性表現出來的樣子和吵吵鬧鬧的喀耳刻完全相反，反應相當冷淡，只有微微點頭而已。

對方穿著深色長袍，把兜帽壓得低低的。看起來……可能是與喀耳刻同鄉，是希臘或地中海相關的英靈，可是她身上那奇特的氛圍，又讓我不太確定。

（好陌生的女性英靈……面對那個魔女，竟然一點都不為所動……到底是誰……？）

我稍微把身子從椅子上側一側，向對方望去。

那人的膚色如陶瓷般蒼白，缺乏朝氣。一頭蓬鬆的波浪長髮，身形雖然比喀耳刻高一些，但還是算比較嬌小。雖然長袍上呈現幾何紋路的刺繡，但我肚子裡的墨水不夠，沒辦法特定這紋路究竟出自哪裡的文化圈。

（……唉呀，糟了。）

不知什麼時候，那名女性竟然也在直直地看著我。斗篷下有一對帶著深深黑眼圈，卻十分銳利的黃色眼眸。

我本來猜測可能是因為好奇的視線讓她感到不快……又或者是她本來就知道我

的惡評，不過似乎都不是。她的視線注視的對象不是我，而是在我身旁看著葡萄聖代，眼睛發亮的 Voyager。

喀耳刻這時候好像才終於注意到我們，她也停下那張單方面講個不停的嘴巴，轉過頭來。

「——你們在聽我說話啊？嗯？有哪一樣點心吸引你們了嗎？想要什麼就點啊，反正是她出錢……欸，等等，妳要去哪裡？」

那名女子不理會一臉不滿的喀耳刻，站在我們桌邊。

「有怪人來了……」

卡琳帶著可疑的口吻說道。

Voyager 好像是博物館裡的標本一樣，讓那人仔仔細細觀察了一番。

她身上散發出的氛圍和英靈自然散發出的畏懼或是冰冷的鬥爭心不同，那種未知的氣息令人感到渾身起雞皮疙瘩。彷彿是清明的理性與混沌的激情互相交融並存，給人的感覺非常奇妙。

（……這種壓迫感是什麼……這是……**王者的威嚴**嗎……）

在過去我曾經交手過的從者當中，和現在這種氣氛感覺最接近的就是那個。

我下意識地把身子往前挺，擋在 Voyager 前面。

她沒有理會我的動作，開口說道：

「你……如果我的計算沒錯……你就是十二天前在《秋葉原》召喚出來的英靈……我說對了嗎？」

她的聲音雖然冷漠，卻又隱隱帶著激烈的感情。

「嗯，是啊——我聽到繪里世的呼喚，和她締結契約。」

Voyager 絲毫不膽怯，當面直接回答她。這樣平凡的對談，不知為何讓我感覺胸口一陣緊繃。

「那你就相當是**最後一名從者了**——無論是不是你自願的。」

「最後一名……妳說我是最後的從者嗎？」

「…………嗯……」

這時候，那名女子好像才發現自己的行為是多麼突然。

不光是一臉不可思議看著她的 Voyager，她似乎也注意到愕然無語的我和卡琳。

她忽然遮住紅通通的臉頰，拉下兜帽，縮起身子來。

——她的名字叫做『歐幾里得』。

以前喀耳刻曾經介紹過亞歷山卓的〝歐幾里得〟。

她是西元前希臘文化圈中著名的數學家與天文學者。說到英文念法的〝Euclid〞，根本已經成為幾何學的代名詞了。

做為古代世界知識基礎的賢人，哲學家有〝柏拉圖〞；科學家有〝阿基米德〞，這時候數學家就會搬出〝歐幾里得〞的名字，相信這一點沒有人會有異見。與軍事無關，純數學家的從者已經非常少見，更重要的是——

（〝降臨者〞職階的從者……！就我所知整個馬賽克市裡只有一個人，竟然又是女性……）

因為在先前的大戰中給敵我雙方都造成非常大的損害，所以為數甚少的降臨者職階的從者一直都被認為是災厄的象徵，眾人都避之唯恐不及。

史實流傳的歐幾里得應該是男性，不過實際上似乎是女性才對。不過這樣的一大發現，在她帶來的其他驚人事情中也顯得無足輕重。

喀耳刻大方地請我們過去，於是我們一行人就與她們倆共坐一桌。

「………我當然也聽說過一名專門獵殺從者的〝死神〞存在，沒想到竟然是像妳這樣年輕的女孩子。妳放心吧，我可是人畜無害呢。」

「這個……要看御主是什麼樣的人。」

我保持警戒，謹慎地回答。喀耳刻聽了之後，苦笑著說「說得沒錯」。之後加點的大量餐點一樣一樣送到我們桌上來。

「好了，妳們儘管吃吧。今天可是歐幾里得掏腰包請客喔！」

「雙喜臨門耶！啊，難不成是因為上次原本要當解說員，結果臨時爽約的事情嗎？」

卡琳說道。

「沒錯！既然我都到《新宿》來，就順便把這個家裡蹲叫出來了。」

「……我家裡還有書想看耶，不過有事要商量倒也是真的。」

歐幾里得連我這個〝死神〞都完全不知道，不知道為什麼，卻唯獨知道Voyager的存在。

我很想弄清楚她剛才那句彷彿預言般的話語背後真正的意義，身子往前探開口詢問。

「妳剛才說最後一名從者……那是什麼意思？」

「……妳們應該是國中生吧。怎麼沒有去上學呢，這樣不好喔。」

給人家當面這樣點破，我和卡琳都有些惶恐，身子縮了起來。

這時候Voyager用一種很老實的方法幫我們說話——應該說爆我的料。

「繪里世她呀，不喜歡去學校喔。」

「……Voyager，你給我等等……」

我並不是討厭念書。

可是她皺起眉頭，大感驚訝。嘴脣顫抖著說道：

「是這樣嗎……這樣……一點都不歐幾里得……」

原本以為我要在這種場合接受人家的斥責，結果反倒是她無精打采地垂頭喪氣起來，甚至還畏畏縮縮地用叉子翻弄草莓。

「喂～有人在家嗎，小歐？我說歐幾里得，這件事妳有必要感到內疚嗎？不過教育荒廢是很令人感慨沒錯啦。」

喀耳刻一副事不關己的模樣，口氣開朗地為歐幾里得打氣。

歐幾里得好不容易才重新振作起精神，又看向Voyager。

「你的真名叫做〝Voyager〞對吧，那我也自我介紹一番好了。」

歐幾里得褪下兜帽，清楚露出臉龐。那是一張有些成熟的少女面容。體態相當纖瘦，那雙眼神原本就不好看，看起來好像一天二十四小時都在生氣似的。

「我叫做歐幾里得，是降臨者職階的從者。現在在多摩的某間圖書館擔任特任司書。不知道你有沒有聽過，亞歷山卓就是我在民間的稱呼，同時也是馬賽克市裡最大圖書館的名字。我就在那裡幫忙編輯教材用的教科書，或者協助回答圖書館客人的詢問事項。」

「原來是這樣……圖書館我是知道。就是那個有征服王伊斯坎達爾雕像的建築物對吧。那麼今天妳們兩位的御主呢？」

我把這一直掛在心上的問題問出來。她們兩人互相對視一眼，然後是歐幾里得先開口。

「他是小學老師，要去學校上課，所以平日白天的時候我們經常個別活動。今天是特別得到他的許可，才會一個人到這裡來。」

她的意思是說御主耗費了幾筆《令咒》，才移動到這麼遠的地方來。

《多摩》是一處自然環境很豐富的住宅區，還留有站前居住型城鎮的氛圍，有許多市民與學生居住。另一方面，主要居處應該是《秋葉原》的喀耳刻則是——

「店長——我的御主也一起到《新宿》來了，不過她有別的事情要忙。」

她簡單交代幾句之後，催促歐幾里得繼續說。

大數學家把嘴裡的半片草莓嚥下去之後，繼續說道：

「……前幾天有一位婦產科相關的醫療人員有事來找我。他說最近在馬賽克市出生的新生兒身上，接連發生本該接受召喚出現的從者卻沒有現世的案例。」

「那不就是我的狀況嗎？可是現在小紅在啊？」

卡琳說道。

「……這樣啊，那麼妳們也都知道，打從馬賽克市成立之初，就有一定的機率會發生這樣的症狀。可是近幾個禮拜，案例數量暴增。雖然還沒發生什麼大問題，可是就統計學來看，這樣的狀況已經很不正常了。就在這個時間點——」

我已經大概知道這番話之後會導到什麼樣的結果了。那是因為……打從我開始夜巡者的工作之後，長久以來我自己也是當事者之一的關係。

「**從者喪失的案例中，再沒有一例回報說從者回歸……**」

「——嗯。」

歐幾里得點點頭，原本就缺乏活力的臉龐變得更加陰沉。

「我和喀耳刻一直在調查原因，可是還沒有一個結論……對了，妳們當時就在那裡，那處競技場裡。」

「繪里世，講清楚給我聽。」

Voyager 催著要我解釋清楚。卡琳好像也察覺現在發生的事態嚴重性，把手指抵在嘴邊靜靜地想事情。難得到這裡來散心的，沒想到竟然會談到這種話題。

「……對不起，打斷妳了。」

「妳好像很清楚的樣子。沒關係，就由妳解釋給他聽吧。」

「好的——聽好囉，Voyager。〝從者喪失〞就如字面上的意義，意思就是御主失去自己的從者。有很多御主在上次競技場的事件當中失去從者。所以發生了大量〝從者喪失〞的狀況，數量多到平時根本想像不到的程度。」

「……對啊，有很多人死了。」

「嗯……可是呢，只要人在馬賽克市的話，就可以再度召喚從者。雖然不可能再召喚到和原本一樣的從者，但的確可以再度召喚。能夠再度召喚的期間因個人而異，有些人隔天就可以，也有些人要等上一年。」

——或者是十四年後。喀耳刻終於接著說下去。

「……我自己也靠淘汰賽的人脈嘗試進行調查，看來在競技場事件發生過後，再也沒有任何一個案例成功再度召喚從者出來。換句話說，他們喪失從者的狀態一直持續到現在。」

「這真的很不正常。」

「嗯，很不正常。」

歐幾里得說道。

「依照這麼龐大的基數來看，這種事根本不可能發生。如果把新生兒的事情也考慮進去，換句話說，現在這個狀況就是從某個時間點以後，馬賽克市就再也沒有從者接受召喚出現了。這樣想比較合乎道理。」

「……所以我就是最後一名從者？」

「…………………」

歐幾里得所說的十二天前，就是指我和昆德麗交手後慘敗，然後 Voyage 出現的那一個晚上。

在那之後再也沒有任何一名從者受到召喚出現。以這個有幾十萬人居住的馬賽克市來看，這種事根本不可能。而且問題還不只這些。

「……妳知道他和我有締結契約嗎？」

我對喀耳刻問道。以鷹為名的魔女淡淡地搖頭，指指坐在身旁的陰鬱數學家。

「是我的直覺，只是直覺而已。我覺得問題就是出在妳這名從者身上。啊，真討厭……這樣一點都不歐幾里得……Ia Ia……Bulgtom fugtragurn……」

明明是自己的想法，但她自己似乎也覺得難以接受。歐幾里得忽然抱著頭撲在桌上，口中一邊喃喃念著莫名的詞語。

「又來這套？哼哼，這也沒什麼，直覺是很重要的！而且少年，連我也感覺得出來你與眾不同喔。從你身上感覺不到任何既有職階的魔力，而降臨者本身也是相當特殊的職階。你們兩個都不屬於聖杯戰爭的格式內，或許有什麼因素讓你們互相吸引吧？」

「就是這樣！真不愧是大魔女耶！」

「我就是大魔女啊。不用客氣，再多稱讚兩句吧！」

欽佩不已的卡琳點點頭，喀耳刻見狀也笑逐顏開。

一方面我覺得她說的有其道理，可是另一方面也覺得自己好像被魔女的詭辯給說服了。

話雖如此，雖然歐幾里得只是數學家英靈，但既然身為從者，她就是屬於魔術的一部分沒錯，思考回路不見得一定會符合什麼道理或合理性。

「對了，既然這樣，就由我這個大魔女給年輕的小從者取一個新的職階名——當然就叫做〝航海家〞，如何？」

「……非常好聽耶，謝謝妳。」

Voyager 微笑說道。

「等等，這不就只是直翻而已嗎？」

我有一種強烈的預感，要是放她們繼續這樣講下去，話題不知道會被帶到哪裡去。所以又看向帶著淚光垂首的歐幾里得，問道：

「……妳已經上報了嗎？歐幾里得小姐。」

「有啊。我已經向《多摩》的城市管理AI〝卡蓮・後藤〞報告了。為求謹慎，也向《新宿》的〝卡蓮・冰室〞提過。因為這種異狀在整個馬賽克市到處都有發生，事關重大。」

「這樣啊……非常謝謝妳。」

先前冰室完全沒有向我提起這件異常狀況。

雖然現在還沒有什麼實際損害發生，但如果她有意隱瞞不說的話，反而讓我體會到這件事有多麼嚴重。只不過現在的我就算得到情資，但我連要如何應對都毫無頭緒。

卡琳看到店內的客人變少，原本還想叫紅葉出來，可是她不願意現身。卡琳還特地做好準備，預先向周遭的客人說有體型比較大的從者要出現，請多見諒。但紅葉還是不出來。真不願意現身的話，哪怕露出鼻尖來嘗嘗水果的滋味也好啊。

因為這件事的關係，討論的話題轉到御主身上。喀耳刻略帶自傲地微笑著說道：

「我的御主可是一個手藝不錯的料理人。還開了一家叫做『Circe Stock‧Aeaea』的連鎖店。現在她是老闆，而我則是共同經營者。全馬賽克市都有店鋪喔，哼哼！在《秋葉原》原本有『Circe Stock‧秋葉原』與『Circe Stock‧競技場』兩家店面……可惜競技場不是已經無限期關閉了嗎？所以人員要進行調動。我們今天就是來視察這裡的Circe Stock‧角筈店。」

……原來是這樣。她們之所以會選在這家水果點心店會談，也是為了要來視察競爭對手的店鋪，順便學習。我原本還以為喀耳刻性喜怠惰與享樂，實際上倒是挺務實的嘛。

原本滔滔不絕的魔女，這時候神色忽然黯淡下來。臉上雖然掛著笑容，可是看著我的眼神卻有幾分落寞。

「妳叫做宇津見繪里世對吧，我要向妳道謝。因為當時妳真的很努力奮戰，不惜性命拯救了那些到競技場來的觀眾。」

「我做的事情……不值得這樣稱讚。那時候實際上我也沒有成功救到誰，什麼都沒有辦到。」

我是死神——死神完成工作之後，當事者是不可能會給予稱讚的。

即便如此，喀耳刻的柔和笑容還是不變。她的笑容彷彿帶著無奈與親愛，就像看著自己不成材的徒弟一般。

「不，妳想想看。因為當時我根本無能為力，光是讓我自己的御主逃離那個如地獄般的地方就已經竭盡全力了。」

「這就已經很了不起了。」

「唔，這就不知道了……什麼都做不好的人應該是我才對……」

喀耳刻一邊自嘲一邊靠在椅背上，用一種少女般的動作，在胸前把玩著刻意模仿大正風格而編成麻花辮的頭髮。

「我的御主一直都在等待。她深信戰前和自己分散的情人，總有一天一定會來到馬賽克市，所以這十四年來一直都在等待。」

「她是——聖杯戰爭的難民嗎？」

喀耳刻點頭，應了一聲。

住在馬賽克市的市民不光只有戰前就居住在首都圈附近的居民而已。

聖杯戰爭的影響遍及全球，還有很多難民是為了躲避戰禍以及自然災害，不得不離鄉背井，在戰後才好不容易由馬賽克市收容的。

自從某個時間點之後，馬賽克市就停止收容這些不幸的難民。

除了像〝流浪猶太人〞那樣的特殊案例之外，近來是不可能有難民來到馬賽克市的。

「——她呀，每天、每週、每月都會到各個城市去找人。我都已經告訴過她，根本不用這麼麻煩，要是有來自馬賽克市外頭的訪客，卡蓮系列機都會告訴我們。可是不管怎麼說，她就是不聽。現在我們展開的連鎖店，也是為了要盡量幫助她才會開始展店的。」

「原來是這樣……我還以為是妳的興趣咧。」

「嗯？當然也是因為我的興趣啊。」

魔女爽朗地回答卡琳。她一改剛才的陰鬱態度，明朗地哼唱著濃麥粥的廣告主題曲。

「——這樣啊，妳們三個想要到冬木去。」

「…………」

在狠下決心之後，我把我們的目的告訴她們。可是喀耳刻的反應卻很輕描淡寫，歐幾里得也是一樣，不發一語。

她們是看不起我們，認為實際上我們根本去不了嗎？或者就像馬賽克市的從者那樣，如果是和自己的御主沒有往來的未來，基本上就毫無興趣嗎？

「Voyager，你這小子是航行在茫茫星海的船隻對吧？」

「嗯，我是一艘**船**喔。」

他很驕傲地挺起胸膛。

他現在頭上戴著防風眼鏡，怎麼看都像是一名小小飛行員，可是航海家號、先驅者號、挑戰者號、企業號——這些由鋁合金與電子機器拼湊起來的機械承載了人們永無止境的冒險精神，原本就是大航海時代以後一脈相傳下來的帆船的後裔。

「——那就有資格了。為了感謝你和你的船長在競技場一起努力的表現，我就給你們一個建議吧，這是我能給予你們最大的協助了。一般來說，向魔女求教可是要以性命做代價的……妳已經付出過了，死神。」

「建議？就是Advise的意思對吧？」

「沒錯，航海家。」

「……非常感謝妳，魔女喀耳刻。」

「我是大魔女！」

我認為應該要虛心接受她的好意。

有些從者因為在馬賽克市接受召喚的關係，魔力受到限制，無法百分之百發揮力量，內心深以為恥。不過這位魔女曾經把她的智慧贈與離開艾尤島的勇士奧德修斯，具有與神話一樣的價值。

就結論而言，我們從魔女喀耳刻身上打聽到非常重要的事情。

雖然與冬木沒有直接的關聯，卻和我們的敵人相關。畢竟卡琳與 Voyager 還沒能完全消化情報，為了讓他們能夠理解，之後還需要再提出來確認一番。

當我們要離開水果點心店的時候，魔女隨口問了一個問題。

「對了，繪里世。幫妳取名字的人懂希臘文嗎？」

「……咦……沒有耶。如果真要說的話，他好像比較喜歡法國文學的樣子。」

我不是很確定幫我取名字的人是誰，可是這時候我這麼回答了。

我的老家裡還保存不少父親遺留下來的國外書籍，除了英文書之外，法文書也很多。在那當中也包括修伯里的《小王子》。

「是喔，那就算了。」

「……怎麼了嗎？這樣我很好奇。」

無奈之下，我也只好繼續陪她聊下去。雖然我有意要附和她的話題，但也意識到內心那微微萌芽的好奇心。

「也不是什麼大不了的事——只是繪里世（Erice）這個名字的發音，會讓我聯想到英雄們死後居住的國度。如果要用正式名稱稱呼的話，就叫做〝Elysium〞。名字與極樂世界這麼相近的妳，卻在這座城市裡當〝死神〞，我只是覺得很諷刺而已。」

「……我的名字很常見的。」

我說完後，歐幾里得有些猶豫地開口補充說道：

「……如果是法語的話，『Élysées』與『Elysium』有相同的意義。法國不是有香榭麗舍大道嗎？法文的原字Champs-Élysées意思就是穿過凱旋門後，英雄歸來的極樂淨土。詳細的由來妳可以去問問波拿巴。」

「真不愧是書蟲一隻，連專長以外的知識都這麼清楚。要是淘汰賽重新開賽的話，這次妳一定要來當解說員喔。」

「嗚……一點都不歐幾里得……」

喀耳刻輕笑兩聲，最後這麼說道：

「──傳聞說那傢伙……美狄亞曾經接受召喚出現在冬木。不過我想她要麼早就死了，或者已經回歸英靈之座了吧。不過要是妳遇見她，幫我向她問個好。」

……好的，就算那個人會與我為敵。

因為想見的人卻見不到，最是令人心焦難熬了。

我才不要！
妳吃啊！

■ 12

夜幕慢慢低垂的車站前，急著趕回家的通勤族人來人往，好不熱鬧。

少年站在昏暗的石板路上，仰頭望著天空。天空雖然被月光微微照亮，可是卻沒有任何一顆星星，看起來很是空虛。

少年抬起腳跟，一邊稍微挺直身子，一邊把挺立的鼻尖抬向天空，彷彿直刺月亮一般。

「——好了，接下來我們要去哪裡呢，繪里世？」

「我正在想。」

「太陽快要下山了呢。」

「看了就知道了。我平常都是在夜晚活動的，可是你應該已經累了吧？」

「我還不累。」

「真的嗎……」

他沒辦法變成靈體狀態，這樣帶著他到處跑，真的沒有消耗他的魔力嗎？會不會突然就無法行動了？我還不太懂得要如何對待自己的從者。

「好像有一股好香的味道，是烤雞肉嗎……我們去吃飯吧，去吃飯！」

我靠在馬路護欄上，卡琳直接就在我耳邊嚷嚷了起來。

她的眼睛已經緊緊盯著點亮紅色燈籠的拉麵攤子了。

「我們剛剛才吃過東西。我已經吃了一輩子分量的水果，現在根本吃不下。妳沒看到歐幾里得小姐剛才又快要哭了？」

「因為她請了一樣又一樣嘛……先不管了，總之晚餐是裝在別的胃袋裡。」

真是驚人的消化能力。如果營養沒有轉換成熱量或是魔力的話，那究竟跑去哪裡了？

「說到她，我們忘了問小歐之前為什麼臨時爽約了。」

「啊……說得也是。不知道她會不會又說『一點都不歐幾里得』。」

就在自己蹺掉解說員工作的同一天，那場可怕的恐攻正好就席捲整個競技場。關於這件事，歐幾里得自己好像也覺得很過意不去。可是另一方面我則是放心許多。恩桑比已經夠難纏了，要是連降臨者職階的從者都落入她的掌控，靠我的能力根本無法應付那場暴動。就算沒那麼糟糕……對了，說到缺席不在。

「卡琳，紅葉她怎麼了？」

「啊——這個嘛，她好像心情不太好，不太理人……我也想找她談談剛才那件事情，這件事可不能放著不管對吧。」

「……這樣啊。是啊，當然不能放著不管。」

只有從者才能撫平御主喪失從者的虛脫感受。馬賽克市的人全都這麼相信。如果沒有接受適當的照顧，喪失狀態就這樣拖延日久的話，有些市民甚至會陷入嚴重的問題。

過去皮匠師傅的黑暗心理一直隱藏在團體治療講座當中，沒有揭發出來。一想到他，我就渾身打顫，好像有什麼事情正在進行。這種詭異的感受讓我感到心急如焚。

這種時候我應該能夠體會他們的恐懼與孤獨才對，可是……

——Voyager。這個從天而降、屬於我的從者。

這個金色少年，要是用力一抱彷彿就會傷到他似的。

從前我一直都在祈求能擁有一名從者，哪怕只是陪在我身旁也好。可是現在我卻已經開始煩惱要怎麼和從者相處了。我們兩個不像那個魔女喀耳刻和她的御主，還沒建立起互相扶持的良好關係。

（………）

我的瀏海輕微搖晃，有一封訊息經由禮裝傳進來。這是網路的祕密回路。

來信的是情報販子〞波吉亞兄妹〃。送來的不是書面，而是希望以聲音通訊，代表這件事需要由我自己盡速來做判斷。

『——晚安了。繪里世妹妹。』

『晚安，繪里世。』

「你們晚安，波吉亞女士以及波吉亞先生。」

我打個手勢，告訴卡琳現在正在通話，然後走到人行道旁側。

『我們有一件繪里世妹妹想要的情報。』

「願聞其詳。」

我先前曾經提出幾項要求請他們兄妹幫忙，幾乎都是不抱什麼希望，只是死馬當活馬醫問問看的要求。

我小聲問道。

「……是朽目被綁走的案子有什麼進展嗎？」

『非常遺憾，不是那件案子。而是另外一件關於萊登佛斯家的動向。』

『萊登佛斯好像把門下的一個人送到別的地方去了。』

「妳說的是……」

『聽說是什麼新人淘汰賽的冠軍。』

（是小春……！）

——小春·F·萊登佛斯。

以前我們交換過私人網址。我曾經用這個網址把我的近況告訴她，順便問問她的身體狀況。可是直到現在我都還沒收到回信。

『她被移送到《秋葉原》鄰近的離島去了。』

「……那個地方……難道是安全屋嗎？」

『不愧是繪里世，感覺夠敏銳。』

「等、等一下。可是那處安全屋不是由你們管理的嗎？你們這樣洩漏情報，要是讓萊登佛斯家知道了——」

『因為他們要求移送過來的人只是依照平民等級，剛才所說的冠軍云云也還只是推測而已。而且從待遇來看，移送過來的人物似乎不是什麼特別的重要人士。我們手上也沒有什麼確切的證明，所以這項情報就當作免費送妳了。」

「……什麼？」

怎麼可能有這種事。波吉亞兄妹當然很清楚被移送的人是誰，他們只是不想落人口實，所以在言詞上耍把戲而已。

『所以我們有個提案要讓繪里世妹妹參考。安全屋的人員上限還沒滿，妳想不想度個小假啊？』

「——我要去！」

連原本正在閒聊的 Voyager 與卡琳都被我的強烈語氣嚇到，回過頭來看我。

要住在一間布有嚴密結界、常人無法接近的安全屋，所需的費用高到連高級旅館的套房都比不上。以前曾經有人半開玩笑地叫我去住看看，實際上如果是個人的話，根本負擔不起住在那裡。

但我還是想去見她，想看看小春是否安好。

『這樣啊——那明天凌晨，請妳到指定地點去搭船好嗎？』

＊

——第二天。

我們已經置身在駛向安全屋的船上了。

「好了，妳就別這麼失落了，繪里里。這個休閒地點妳也很少來不是嗎？難得來一趟，就該狠狠享受一番——好痛，不要打人嘛！」

我坐在附有引擎的高級帆船內垂頭喪氣，旁邊卡琳一邊講一邊拍我的頭，讓我忍不住動手。

Voyager 也是一樣，他只是賴在船首上不走，全心全意只注意看帆船乘風破浪的樣子。雖然魔女給予建議的時間只是偶然，竟然恰巧就是出航的日子。

「我不是說過不是去玩的嗎？」

「幹麼這樣——妳自己不也有帶泳裝來嗎？」

「這是因為……穿制服很熱，而且穿得輕便一點比較好啊。」

我當然可以撇下卡琳，自己獨自前往安全屋。

……可是當我說有可能可以見到小春的時候，卡琳看起來好高興。再說現在小春肯定很失意，我也不太放心光靠我自己有沒有能力安慰她。所以就趁機拜託波吉亞兄妹申請兩人份的上島名額。

荷包真是大失血，我到底在做什麼。

雖然波吉亞兄妹在通訊的時候用〝離島〞來形容，可是正確來說那裡其實是一處海岬。位於《秋葉原》南邊的沿岸地帶，連通的陸路已經封鎖了。

從岸邊開始到遠處都是一大片淺海，如寶石般美麗；還有在豔陽照射下閃閃發光的白色沙灘；以及長滿南洋野生植物的密林。這一切都是人工打造的私人海灘。

除了專用帆船之外，如果有其他船隻靠近就會遭到無條件攻擊。當然對於海棲無人機的防範對策也是萬無一失。

「──繪里世！」

Voyager 高聲呼叫我。雖然現在的風景是那麼地祥和寧靜，我卻感覺到一股緊張感，心跳也跟著加速。

（怎麼了……）

卡琳先衝了出去，我也跟著上了甲板，看到混凝土建造的碼頭已經不遠。有個人站在防波堤前端，等著帆船靠岸。

（……………啊……）

白色外衣加上胭脂色的緞帶領帶，穿著傳統魔術協會制服的女孩小春就在岸上。她還有些僵硬地揮揮手，歡迎我們的到來。

另外還有一個讓我料想不到的人物、一名從者的身影。

（竟然是……路修斯……）

Voyager 雙眼直射之處——

西服打扮的路修斯就站在小春身旁，上半身依舊還是西裝背心，頭上戴著麻製的巴拿馬帽。襯衫衣袖捲起，露出結實的手臂。

那隻槍兵的手臂曾經無情地想要對 Voyager 投擲武器。

「……怎麼了，繪里世？還有 Voyager 也一樣。小春看起來很有精神嘛……啊，對喔。因為那場戰鬥的關係。」

看到我和 Voyager 緊繃的表情，卡琳好像這才想起那天我們的對峙。

船隻靠岸後，我走下船，帶著緊張的表情與兩人見面。

「沒想到連千歲都登島了……我聽都沒聽說。」

「是嗎？千歲倒是告訴我們妳會來。」

站在路修斯身旁的小春也默默點頭。

如果路修斯在的話，那麼千歲也在這座〝離島〞上。那個千歲萬不可能把路修斯一個人派到遠方去辦事。路修斯知道我在擔心什麼，主動先開口說道：

「我的主子這時候在床上好夢正酣。她好像是來度個小假，順便探望小春。」

「…………老人家都一大把年紀了，請你告訴她別累壞身子。」

「妳還真是不客氣呢。」

路修斯咧嘴一笑──從者．聖朗基努斯，聖杯戰爭的絕對王者。

一道如十字架般鮮明的舊傷就劃在他的左邊臉頰上。我還記得自己年幼的時候還很不客氣，戰戰兢兢地摸過這道傷痕。當我問他為什麼不治療，難道不痛嗎──結果他笑著說我就是為了不要忘記痛，所以才特地留下來的。這已經是我身體的一部分了。

「…………？」

就在我稍微出神的時候，不知何時 Voyager 已經站在我面前。

他一臉神色凜然，彷彿要保護我不受路修斯的傷害。

「不要靠近繪里世。」

Voyager 的語氣雖然沉靜，但也絲毫不隱藏自己的怒氣。

「Voyager，沒關係。**這個地方**不會有事的。」

「…………」

我把手放在他那緊繃的肩膀上，想安撫他的情緒。可是他動也不動，雙眼直盯著路修斯不放。

雖然少年這模樣甚至有點滑稽，可是與他對峙的路修斯一點都沒有小看少年的敵對心，同樣也很認真地面對他。

小春與卡琳在一旁看著，神情也很緊張。

（……Voyager……你……在發抖……）

當時朗基努斯的長槍想要消滅的對象不是我，而是Voyager啊。只不過看到熟悉懷念的面孔，我的內心某處竟然差點就要原諒當初那可怕的行為了。

安全屋是不准戰鬥、不准殺生的區域。在上船之前，工作人員已經對我和卡琳嚴格要求，定下不戰協定的誓約，用魔術簽下了簡式契約。

可是千歲手握馬賽克市的管理實權，我不知道這樣的契約對她有多大的效力。但如果要故意打破約定，她的信用就會掃地。

在短短一陣沉默之後——路修斯彷彿和路邊遇到的舊友打招呼一般，拿起帽子低下頭。

「我和千歲住在森林那邊的小別墅，和你們的房間有一段距離。今天似乎也不會再有其他客人了。如果有什麼事的話再聯絡。」

他抱起放在碼頭上的貨物，頭也不回地走了。

我們就這樣目送路修斯離開，等到他離開之後，我和小春不約而同地大大吐了一口氣，這才放心。

「呼……緊張死我了。」

「……是啊。妳好，繪里世同學——還有普蘭，你也好。」

「Voyager，這是我的名字。」

「……Voyager？」

碧綠色的眼眸機靈地眨了眨。

「意思是說，你已經知道自己的真名了是嗎，那真是太好了。恭喜你喔，Voyager。恭賀你踏出嶄新的一步。」

「謝謝。妳也幫助過我呢，小春。」

「…………」

Voyager 露出可掬的笑容，感謝小春。可是小春似乎無法坦然接受，低下頭，好像很難過的樣子。

「……也難怪 Voyager 會那麼嚴陣以對。繪里世同學，妳不應該到這個地方來的。可是——」

小春又恢復笑容，說道：

「我本來以為再也沒機會見到妳了，所以現在覺得好高興。」

「……是啊。我也一樣，小春。」

相隔幾天之後再會，我和小春都感慨萬分。卡琳一臉奇怪地故意把臉湊到我們之間。

「哦？哦～～～？怎麼？妳們什麼時候變得這麼情深意濃了？妳說說看啊，繪里丸妹妹～～」

「什麼情深意濃……妳真是……」

小春對 Voyager 的真名或是我們的近況似乎完全一無所知。我先前送來好幾封訊息，她都沒有看到。

「這邊這位是……啊，妳是卡琳同學對吧。我曾經幫妳準備淘汰賽的門票。」

「嗄？我們更之前不是在繪里世的教室見過面嗎？」

「那時候我沒注意到妳。」

「這傢伙……以為自己是大明星，態度超跩的。」

「我覺得應該不是那樣啦。」

小春從碼頭離開，完全不理會不滿地碎碎念的卡琳。我們也一同隨行，一行人走向沙灘，與路修斯離去的方向相反。

「我們就走吧，我來帶路。前面的沙灘上有一個海之家，叫做〝Ahnenerbe〞的住宿設施。雖然只是用木造古民宅改建的小建築物，可是那裡的房間數量也足夠讓大家好好放鬆休息喔。」

「Ahnenerbe？」

少年側著頭，疑問地說道。

「原本好像是餐飲店。現在沒有人，也沒有營業。可是裡面的食物非常充足，住起來很便利。其他好像還有幾處別墅可以使用。」

「沒關係，我們就選和小春住一起的行程。」

「好。」

我有點掛念加拉哈德怎麼不在。不過在那之前還有其他事情要問，所以我就一邊走一邊問道：

「然後呢……小春，既然妳是來養傷的，這裡沒有其他醫療相關的員工嗎？」

「沒有，只有我一個人而已。」

「什麼……？」

好像有點奇怪。對她怎麼會是這種待遇？這樣豈不就像是……

（她被軟禁在這裡嗎……難道是怕她逃跑？）

「——昨天晚上我聽說繪里世同學要來，還以為妳有什麼重要的大事要和〝聖痕〞交涉，結果好像不是。」

「我們是來探望妳的啦，小春春。」

卡琳把尷尬的我撇在一旁，老大不客氣地湊到小春身邊。

「小春春……？總而言之連妳也是特地為了我才來的嗎？」

「是啊，我們可是花了好大一筆錢。」

卡琳的語氣充滿賣人情的感覺，我輕輕搥了搥她的背。出錢的人可是我啊。

「好痛！還有妳的傷勢怎麼樣了？加拉哈德好像不在，妳還可以順利召喚他嗎？」

卡琳那種不客氣的態度真是讓我心驚膽顫。可是這件事我也很好奇，所以也沒辦法怪卡琳。

「………這不是不小心受傷，而是失敗受的傷。是我丟臉的汙點。」

小春把手腕從外衣底下伸出來，讓我們清楚看見受傷的部位。這樣的行為彷彿是她對自己施加無可逃避的處罰一般。

（可是外觀上幾乎已經復原了……）

受傷的患部從右手腕到手背都貼著半透明的醫療貼布。受惠於現在的醫療技術，就算手腳完全切斷，也能夠復元到不留痕跡。乍看之下她的傷已經恢復到沒有任何問題的程度了。

小春一邊向我們說明，一邊動動手指。

「——屈肌腱以及伸直肌腱縫合得很好。雖然動作還有點怪怪的感覺，但時間一久還是可以痊癒。召喚從者也沒有問題，只是……」

小春沉下表情，住了口。

「很遺憾的，我要使用《令咒》恐怕很困難。之前在萊登佛斯家的訓練室已經進行測試確認過了。」

小春集中精神，讓自己的令咒浮現出來。她的令咒隱藏在貼布下，看起來有些模糊。紋路則是圓形，形似山茶花的花瓣。

照理來說應該是點對稱的紋樣，現在卻少了半邊，呈現不平衡的狀態。

「就像這樣，我的令咒幾乎已經恢復無望。恩桑比那一刺似乎癱瘓了我的〝魔術回路〞機能。」

「…………怎麼會這樣……」

我都不知道該說什麼才好，不好的預感竟然成真。

恩桑比那把形狀怪異的匕首就是她用來〝掠奪令咒〞的凶器。那是一部分的神話概念變成實體的模樣，同時也是強烈的詛咒聚合體。那充滿詛咒的攻擊能讓許多從者發狂，就結果來看，小春的魔術回路沒有全數毀壞，本人也沒有遭受控制，這已經是一種奇蹟了。一定是某種魔術加持發揮了作用。

（是加拉哈德……附身在小春身上的加拉哈德保護了她嗎……？）

想到這裡，我赫然轉念想到另一件事。

「那〝英靈附身〞呢？小春妳那招讓加拉哈德附在自己身上的招式怎麼樣了……？」

小春搖搖頭，臉上沒什麼表情。

「那招也不能用了。現在我的魔術回路只是勉強撐著而已，要是進行英靈附身，讓高濃度的魔力通過的話，已經飽受摧殘的魔術回路本身很有可能崩潰……這是我的老師告訴我的。」

卡琳停下腳步，戰戰兢兢地問道：

「這樣的話，那根本就沒辦法再重回淘汰賽了啊!?小春，讓我的小紅來幫妳看看吧，好嗎？小紅她的醫術非常高超喔，就這麼辦吧！」

「……沒有這個必要。」

小春的態度忽然強硬起來，就像我們第一次交談那時候。

「——卡琳，妳真的是個相當失禮的人。如同妳所看到的，我的年紀比妳還小。可是妳認為我對魔術的經驗與見識會比一般人還少嗎？妳是在小看我們萊登佛斯家的技術嗎？」

「不試試看怎麼知道呢……」

「我就是知道！」

小春表達的聲音有些顫抖，透露出她的懊悔與煩惱。

「小春，妳還好嗎？傷口是不是還會痛？」

小春從卡琳身旁走過，快步往前走去。Voyager 好像很擔心她，也踩著小步伐跟上去。被拋下的卡琳則是氣鼓鼓的。

「那傢伙真是太臭屁了！雖然我早就知道！」

「……好了啦……我想她應該已經知道妳的心意了。」

紅葉發出呼呼呼的低沉吼聲，安撫憤慨的卡琳。雖然容易產生摩擦，但我不能責怪卡琳的所作所為。她總是勇敢地用言語表達自己的意思，即便那是錯的。她不會輕易借用他人的言詞，每次有所行動的時候，總是勇於面對不成熟的自己，然後一點一點改變現實。即便有時候弄到渾身是傷，但還是不屈服。看到這樣的卡琳，讓我學到這樣理所當然的人生大道理是多麼重要。

我沒辦法成為卡琳，但應該有些事情我還是有能力辦到。

＊

『海之家〝Ahnenerbe〟』是一棟室外咖啡廳，設計風格非常投我所好。

小木屋裡擺滿以南國為主題的古典工藝品，也和我那間原本是咖啡廳的房間有點類似。開放式的格局形似海灘小屋，雖然簡單卻堅固，讓人非常放心。寢室也像小春說的，數量很足夠。

這裡沒有設置任何能夠與城市情報網連結的媒體機械。使用安全屋的人都不希望自己的行蹤暴露，從這樣的觀點來看，不擺任何通訊機械自然也是理所當然的措施。智慧型手機當然也收不到訊號，唯有魔術回路是唯一能與外界聯繫的手段。

我等小春的脾氣暫時平復之後，才找她到陽臺坐坐。

我們隨意沖泡房內備有的茶，兩人坐在圓桌旁，一件一件說著先前因為音訊不通沒能通知的事項。

我也依約把琉璃姬很掛念小春的事情告訴她。因為這個話題與淘汰賽有關係，我本來很猶豫要不要說，但小春不以為意，表達了她希望看到琉璃姬能有全新表現的心願。

「——加拉哈德出海去玩了？」

「是啊……早上去了一直到現在。昨天晚上也是，抓著我抱怨這抱怨那的……」

我看到廚房裡有倒著的啤酒罐，覺得奇怪，一問之下得到這樣的回答。別說是小春了，就連我都有點傻眼。還以為他變成靈體，隱藏身型。沒想到竟然是把因傷正在療養的御主拋下，自己跑去到處玩。

「他說要是不偶爾使盡全力去游個泳，凱爵士教導的泳技就會退步了……」

「是、是喔……原來加拉哈德也會抱怨啊？」

「**那個東西**沒有一天不在抱怨發牢騷的。昨天的話，就是說這裡根本沒有像樣的酒、衣櫃裡的泳衣他不喜歡、既然這裡是上流人士的藏身處所，至少該有一、二名情婦侍寢之類的。」

「情婦是什麼？」

Voyager 問道。

「嗚嗚……」

我狠狠嗆了一下。就在我急著想要掩飾過去的時候，小春平淡地說道：

「Voyager，所謂的〝情婦〞呢，就是和我這種胸部與臀部都不起眼的小女孩不一樣，是世上最完美理想的少女。她們不像我不懂得討好男人，讓男人有面子。也不像我連裝傻假扮柔弱媚態也不懂，更不像我這樣渾身沒看頭。這些都是**那個東西**說的。」

「…………真是難懂。」

Voyager 露出嚴肅的神色吸著巧克力，吸管發出吱吱吱的聲響。

「啊哈哈，講這麼難聽！可是呢，Voyager 最好還是多學一點比較好喔。這世界上不盡然只有好人好事而已。」

「嗯，我想學。這些都是關於人類的事情嘛。」

小春斜眼瞪著捧腹大笑的卡琳，然後繼續說道：

「不談他了——繪里世同學，來說說妳吧。聽說妳想要離開馬賽克市，到那個冬木去。這太瘋狂了，妳自己應該也知道，這種事不管說給誰聽，都只會得到否定的回答而已。」

「我已經決定了，小春。我和 Voyager 說好，不管任何人阻止，我都一定要到冬木去。」

「…………是嗎……」

小春重重嘆一口氣。一邊偷看我的表情，一邊猶豫著欲言又止，然後低下頭來。

「雖然我有非常多事情想問……但是唯獨這件事情得先確認清楚。」

小春好不容易才吐出這句話，卡琳與 Voyager 也很認真傾聽。我有一種預感，這個問題很可能會直搗核心。

「什麼？」

「繪里世同學——妳認為過去的聖杯戰爭到現在還沒結束，這樣想的根據是什麼？卡蓮・藤村有留下什麼明確的證據嗎？這個問題的答案就在冬木嗎……我不認為。」

「…………」

對我來說，沒有任何理由比卡蓮臨死之際吐露的事實更重要。

可是在這件事上我不能有任何矯飾，考慮到我之後要把小春一起拖下水的危險，現在我只能坦誠以告。

「……我也不知道，我沒有確切的證據。」

「妳是在〝賭〞嗎？就像那些以競技場賽事賭博的觀眾一樣，因為希望渺茫，所以才賭一把看能不能逆轉乾坤？」

「不是，不是這樣的。」

我依序看了卡琳與 Voyager 一眼，然後把這項從沒告訴過任何人的祕密說出來。

「——在冬木那邊，有真正的〝聖杯〞存在。」

在陽臺的屋簷下，小春背對著波光粼粼的海色坐著。她那對在逆光下半掩在陰影內的雙眸微微瞇了起來。

「我認為那只〝聖杯〞到現在還活著，小春。」

「……聽妳的口吻……彷彿那只聖杯有實體似的。聖杯戰爭原本的意涵——所謂的聖杯應該是指設置魔法陣的行為，換句話說，就是指一種實現奇蹟的〝儀式〞才對吧。簡單來說，就像是在全球各地主要靈脈的結瘤點設置引爆的戰略性炸彈。聖杯本身是神祕學上的存在，不管它降臨的位置是有機體還是無機體，就算有這樣一點差別，本質上終究只是魔法陣而已——現在已經調查清楚，在戰爭時期有大小三十幾場聖杯戰爭同時存在，隨時會引燃戰火。聖杯戰爭開戰最初原本還是以各國各地白熱化的戰爭或恐怖行動為名義進行，可是最終卻都大肆橫行，四處開戰……」

小春滔滔不絕地說著這些應該是在萊登佛斯家學到的知識。

「嗯，全世界的人都被蒙在鼓裡。第三次世界大戰其實被當做讓無數聖杯戰爭開戰的培養皿。可是等大家知道這件事的時候，戰況已經無可挽救了。」

「是的。冬木就是其中一處戰場。我知道那裡是少數的激戰區，可是論儀式的規模大小，應該還遠遠比不上其他戰場才是。因為戰況太激烈，所以最後勝利者不明，儀式本身不成立，聖杯中聚集的魔力也早已消散……應該是這樣才對。但妳還是要去調查嗎？」

「對，如果不親自看一看，後續就進行不下去。」

我再次下定決心，點頭答道。我感覺到 Voyager 正在直直看著我的側臉。

「欸，我實在分不太清楚——」

卡琳插嘴問道：

「在我們心臟裡的那個聖杯又是怎麼回事？根本不需要特地跑去找，聖杯不就在這裡嗎？」

她說著，把右手放在胸口上，一道形似半開薔薇花瓣的紋樣浮現在右手上。

（……她下意識把我也算進去，可是正確來說只有卡琳與小春的心臟裡而已……我的話還不知道。）

小春不厭其煩地仔細回答問題，神情中甚至還帶著幾分驕傲。

「我們心臟裡的聖杯是聖痕……真鶴千歲與聖朗基努斯獲得的至高聖杯的末端，就像是一種終端裝置。這是因為聖杯戰爭最後的勝利者真鶴千歲許下願望，希望聖杯這個許願器能夠留存，並且分配給眾人……」

「喔，這樣啊。所以才會有現在的馬賽克市存在嘛。終端裝置啊，那我們的聖杯與其說是像是心臟，倒不如說更像是微血管囉？」

「微血管……的確是這樣，這種形容很貼切。馬賽克市的《聖杯》全部都由魔術連結在一起……本質上來說應該都是同樣的東西。最終還能把個人的魔力流量多寡，歸納成微血管的粗細差異。」

小春放低聲調，繼續說道：

「各地聖杯戰爭的贏家又會轉戰各處，到其他戰場追求更高的成就。在這場其他贏家互相爭奪聖杯與魔力的混戰當中，最後只有聖痕畫下休止符。巧合的是……在型式上就和現在的淘汰賽一樣，定下了最後的勝負。」

「那打從一開始不要打什麼戰爭就好了，這太荒唐了。戰後剩下的就只有無數犧牲者，以及過度消耗而徹底荒廢的世界。比起向聖杯許願得到的報酬，那些我們永遠失去的事物還更多得多。」

「這只是個人看法的差異。無論繪里世同學怎麼說，聖痕確實是為人們帶來救贖的英雄。」

就在小春堅決地說完後，卡琳低聲喃喃說道：

「唔……那繪里世就是想找到那個在冬木的聖杯，然後把它破壞掉是吧。」

「……嗄？妳在說什麼──」

「──破壞!?破壞聖杯嗎？」

因為小春身子往前一挺，讓圓桌大大搖晃了一下。Voyager 趕緊把桌子壓住。

「抱歉。可是……雖然不太可能真有這種事，如果有的話根本算是奇蹟……但如果真的有一個聖杯原封不動還存在著，破壞它有什麼意義嗎？」

「…………」

我沒辦法第一時間回答小春的問題。但卡琳說的話讓我有些在意。

「為什麼妳會認為我想破壞聖杯呢，卡琳？」

「呃──只是有這種感覺吧。看妳的表情，好像覺得如果能把聖杯破壞掉的話，肯定很痛快。」

「認真回答我的問題。」

「……真的可以說嗎？說出來妳肯定會生氣，我才不要。」

「妳說說看啊，雖然我應該還是會發脾氣沒錯。」

卡琳猶豫許久，結果還是說了出來。

「啊——這不是好壞的問題，單純只是出於〝感情〞問題而已。繪里世最近好不容易才召喚到 Voyager 不是嗎？先前妳好久好久都沒有從者，現在終於才得到。那接下來就是要把過去自己忍受的一切全部還以顏色，要不然就會深深覺得自己過去十四年根本過得毫無意義。要是自己明明沒做錯事，卻莫名其妙受到這種懲罰的話，今後要怎麼樣才能活得下去？」

「……妳說這就是……我的感情……我的懲罰……？」

這是最差勁的嫉妒，根本就是惱羞成怒。這種感情才真的毫無意義。真正的人情是要為他人、為這個社會做出貢獻，而不是總想著要報復人群。可是我卻沒辦法第一時間反駁，真是丟臉至極。

而且……雖然卡琳這句話就像舊人類一般說得非常寫實，可是聽來卻讓人感覺怪怪的。我總覺得她在說話的時候，內心好像是在想著某個親近的人。

「……難道說……」

小春頓時啞口。

「妳想讓所有市民都失去從者嗎!?找到另一個聖杯，然後用來消除馬賽克市的

《聖杯》嗎?妳這麼做就真的是如假包換的死神了!」

小春表情嚴肅,從椅子上站起來向後退了幾步。

「等一下等一下等一下,我從來沒說要做這種事,小春妳別躲啊。卡琳妳也太過分了吧,為什麼說這種嚇人的話啦,笨蛋!」

「喔喔?這麼不講理啊?可是我說的不對嗎?」

「……可以啊。如果繪里世真的這麼希望的話——」

這陣語氣天真的低語聲落在包圍圓桌的喧囂聲當中,我聽了頓時起一陣雞皮疙瘩。卡琳與小春也一陣愕然,看著少年。

「那隻黑狗之前也說過,說死亡已經前來迎接了。如果繪里世真的希望結束掉這一切的話,我也會徹底破壞掉喔。」

「…………Voyager。」

這次輪到我說不出話來了。

……真的不是嗎?我在《新宿》與《秋葉原》撿拾收集的〝感情〞,真的是這麼低劣的復仇心碎片嗎?我天天幹著獵殺別人從者,類似死神的勾當,內心的猜忌心卻一天比一天重。這也未免太悲哀了。

言詞所表達的感情不是真正的感情。真正的感情是出於行動。

光是在心裡想並不能改變世界，不能改變這個現實。

只有流血才能改變世界。

……是這樣嗎？真的是這樣嗎？

＊

我們懷著悶悶不樂的心情吃了午餐。

冰箱裡放著很多海鮮，所以我們煮了義大利麵。

小春說這幾天她都閒得發慌，手腳俐落地幫我們料理，讓我真正體會到她的傷勢確實有復元。可是一想到她的魔術回路受到的損害，心裡又是一陣苦澀。

中餐吃完後，因為卡琳熱情的邀約，我們一行人前往〝Ahnenerbe〞旁邊的沙灘上走走。

我也同樣想要轉換心情，而卡琳自己似乎也想好好玩上一玩。可是……

「繪里里啊，妳怎麼不換泳裝呢？只有我一個人光溜溜的多害臊啊。」

「換了泳衣也和我平常穿的差不多啊。再說，我說過我們不是來游泳的。」

「難得我連小春春的泳衣都帶來了說——」

卡琳故意煞有其事地看向小春。

「什麼？還特地帶泳衣給我……？」

「我跟她講過不要帶。全天下只有卡琳才會在探病的時候帶泳衣給人家。」

「有什麼關係，妳就穿嘛！這可是用我的零用錢買的。雖然尺寸只是用目測，可是我很有自信不會搞錯。衣櫃裡原本放的泳衣根本就是給小女生穿的，雖然妳穿應該也很好看啦。」

「為什麼？」

這片沙灘就像寫真集裡看到的一樣美。即便是度假都市《秋葉原》，像這麼開闊的景觀也寥寥可數。

Voyager就像受到大海吸引似的，往海岸線一直走過去。他也不管衣服會被打溼，讓海水浸泡到腳踝處，站在陣陣碎浪當中。

「啊，紅葉。妳終於來了。」

一道龐大的影子落在Voyager身旁，隨著實體現出，海水也猛然退開。伴隨著一陣低吼聲，鬼女紅葉終於現出完整身形。

少年被濺起的海水潑得滿頭滿臉，咯咯大笑。在一片南國風情的沙灘上，一頭黑漆漆的恐龍邁開步伐和少年嬉戲，這樣的光景看起來真的滿奇怪的。

我一邊望著 Voyager 他們在海岸線遊玩，在一處視野遼闊的砂丘上坐下。

「這地方雖然漂亮，可是我卻無心遊玩。漢尼拔還有熙德他們都不在了，只留下我一個人……我聽說受了傷的雅克・德・莫萊很早就在為了籌備資金而四處奔走，想要讓淘汰賽再度開打。」

小春心裡想著聖杯淘汰賽中自己的對手。她說的是真的。

（那些犧牲者當中也有些是死在我手中……我沒辦法隨便找個什麼話來為小春打氣……）

卡琳本來想要加入紅葉他們，可是聽到小春的惋惜之後，又依依不捨地走了回來。

這時候有人忽然出現，站在我們身後，把東西扔在沙灘上。我早就發現他靠近過來的氣息，當然他的御主也一樣。

「──加拉哈德……回來了嗎？」

「喝吧，還很冰涼。」

刺進沙子裡的是貼著熱帶風格標籤的冰鎮飲料寶特瓶。

我回頭一看，眼前站著的人果然就是加拉哈德。他身上穿著泳褲，上半身套著一件薄薄的防晒衣。臉上戴著太陽眼鏡，足登一雙帆布鞋。不知道是不是我多心，他那蒼白的皮膚好像有點晒黑。總之一眼看上去，就知道他很享受這裡的度假生活。

「妳們也喝吧。就算是〝死神〞，也是會口渴的吧。」

「謝、謝謝……加拉哈德爵士，我們來打擾了……」

「嗚喔，我還以為是誰呢。」

卡琳也嚇了一跳。

雖然我必須要向這名騎士好好道謝一番，可是看到他這身在某種方面非常具衝擊性的打扮，不由得讓我支吾了起來。

「我聞到有酒精的味道。你又喝酒了嗎……那是什麼？」

小春質問他。加拉哈德的手上隨意抓著一瓶上等紅酒的酒瓶，還拎著半截生火腿。

「我很想說妳怎麼看了還不知道，不過妳本來就不知世事，也怪不得妳。這當然是一瓶酒和下酒菜啊。這就是我的晚餐。」

「我問的不是這個……啊！你該不會去偷東西吧？這是從聖痕的別墅那邊偷來

的對不對！請你快還回去！」

加拉哈德滴溜溜地閃過撲上來的御主。

「偷東西？這種難聽的話別說這麼大聲。說島上的東西都可以自由取用的人，不就是——」

「請你要知道分寸！」

結果加拉哈德還是不理會御主的吩咐，自顧自回到〝Ahnenerbe〞去，看起來甚至還挺樂的。

另一方面小春的情緒則是愈來愈失落，把臉埋在雙膝之間。

「小春，關於剛才那件事——」

情緒低潮的時候，我就會埋首於工作的雜物來逃避。我一直都認為小春和我也是同種人。不出我所料，她立刻抬起頭來，跟上我的話題。

「——妳是想談先前和我們交戰的對手吧？我洗耳恭聽。」

「嗯，卡琳妳也聽聽——啊，Voyager 他們也回來了，這樣正好。」

好好享受過淺灘觸感的 Voyager 與紅葉在沙灘上坐下。

（本來想等加拉哈德也在一起的時候再談，也沒辦法了。這個話題本來就和眼前舒爽的景致格格不入。）

「你們先看這個——這就是敵人的首腦，也就是攻擊競技場的恐怖分子。」

我拿出終端機械讓所有人看影像。這是在競技場的警備情報網中留存的紀錄影像，是經由某個途徑請人轉給我的。雖然耗了一番工夫，但總算是拿到手。

在四處逃竄的觀眾當中，有人不理會周遭，逕自悠然漫步場中。

——其中一人是身穿民族服裝的少女。

——另外一名（從外觀上看起來應該說是一條）攻擊者，則是有著細長耳朵的黑狗。

他們就是與恩桑比一同合作行動的行凶者。

就是他們**破壞**了持有聖骸布的卡蓮，然後從我和千歲面前消失地無影無蹤。

我當面看到的時候，那個穿著民俗服飾的少女手上拿著一柄類似粗大手杖的東西，可是在影像裡沒看到。

「這兩個人肯定都是從者沒錯。這時候他們就已經毫不掩飾自己的氣息，競技場的魔力計測表都已經破表了。他們兩個其中一個是神靈級的從者，甚至可能兩個都是。」

「神靈級……恩桑比不也是神靈嗎，這是很重要的共通點。」

我點頭同意小春的推測。

「Voyager，你遇見的〝狗〞應該就是這頭黑犬。你看到他的時候，這個女的有在一起嗎？」

Voyager果斷地點頭說道：

「──有。看起來還很幸福的樣子。」

「…………」

我的內心忽然湧起一陣恨意，咬緊了牙關。

卡蓮具有超乎常人的戰鬥能力，就算比不上一線等級的從者，可是她持有聖骸布，只要是面對男性從者就能有固若金湯的防禦力。就算是雄性的劣犬也一樣，我不認為她會單方面挨打。

──也就是說**殺害**卡蓮的凶手是這個女的。Porca miseria！我絕對不會放過這個女的。

「這條黑狗的真名是〝阿努比斯神〞──我說得對嗎？」

小春指著影像，果斷地說道。

「我知道的阿努比斯是埃及神話中掌管冥界的其中一名神祇。再說光從狗型態的神這一點就能縮小可能的人選範圍。可是先前應該沒有阿努比斯神有在馬賽克市顯現的消息。」

「嗯，沒錯。我也立刻想到是祂。目前還沒有找到足夠的資訊能夠否定祂就是阿努比斯神的推測。」

（來見小春果然是正確的……）

型態是狗的神祇，或者頭部是黑狗的神祇。那就是阿努比斯神。

如果把神明使者的〝神犬〞或〝魔犬〞也算進去的話，候補名單就會一下子增加許多。可是就我親眼所見，對方具有理性的行為舉止與那些神犬魔犬實在太不相像。

能夠聯想到的還有狗頭聖人克里斯多福、征服王伊斯坎達爾遇見過的狗頭民族犬首人，還有圓桌武士們擊退的狗頭亞人……可是這些傳說的特徵都與那頭黑犬不相符。

（更重要的是千歲認識那些敵人……敵人根本不需要掩飾真名，才會特地讓我們看到真面目。）

卡琳換個話題。

「那個小個子，穿著少數民族裝扮的女生呢？她又是哪裡的神？」

「關於她，我現在還沒有概念——」

「咦？連繪里里也不知道嗎？那應該就是相當不知名的從者了吧？」

「……唔……」

「光從外觀還不能斷定。聖杯是很隨意的。卡琳，如果有誰第一眼看到妳的從者就能認出她是鬼女紅葉的話，那可太叫人佩服了。」

「啊哈哈，真的耶！」

小春拿出自己的終端裝置，提出請求要與我分享情報。然後當場開始利用裝置內地資料庫搜尋起來。

「話雖如此……如果連繪里世同學都認不出來的話，馬賽克市的從者都要排除在外了。過去聖杯戰爭中召喚過的從者資料相當少。要是可以回萊登佛斯家的話，是可以收集到某種程度的情報，但恐怕也不能抱太大的希望……」

「應該……是這樣吧……」

在過去的聖杯戰爭當中，從者的真名都是要極力隱藏的祕密。讓敵人誤判自己從者的身分就是一種基礎戰略。就是因為這樣，所以戰後的紀錄中很多從者都是身分不明或者只是推測。

卡琳側著頭好像在思考，然後似乎突然想到了什麼。

「我在 Aborigine 的服裝中看過類似的紡織物品。」

「……Aborigine……？」

這真是一大盲點。我滿腦子都在想神話的阿努比斯以及剛果的地母神恩桑比，所以想來想去只在非洲國家打轉。

「Aborigine……妳是指澳大利亞的原住民是嗎？」

「是這個意思嗎？我也不太清楚。在《澀谷》常常看見這種類型的衣服，所以我只記得這個名稱。」

「Aborigine 啊……我用手邊的資料比對了一下，馬賽克市登錄有案的大洋洲地區的從者當中，好像還是沒有符合的人選。不管是神靈還是英靈都沒有。」

「……神靈……」

我無意間和 Voyager 四目相對。

他一直都在聽我們說話，但不知道究竟聽懂了多少。

可是看到他，又讓可能的人選範圍擴大到原本根本沒想到的領域去。

「雖然是人類型態的從者，但本尊也有可能不是〝人〞……這個女的或許也是〝神獸〞、〝幻獸〞，不然就是〝妖精〞擬人化之後的型態。」

「……有道理。」

小春也頗有同感地點頭。

「對不起，這類的民族文獻我的資料裡就沒有了，而且這裡也連不上外網。」

「沒關係，這已經是很好的線索了。謝謝妳，小春，還有卡琳。」

我們決定暫時把那個黑犬模樣的從者當作是阿努比斯神的神靈。

然後我也毅然決然地把當時我和祂的對話向兩人坦言以告。

那時候黑犬用一種話中有話的口吻這麼說道。

『唯有入土為安的事物，才能成為恆久不變的真實。』

『白晝將會粉碎黑夜——

就如同男顯陰柔、女顯陽剛一般，

英靈之座已經扭曲，聖杯早已盛滿欺瞞眾生的黑泥。

太陽不久之後就會西沉，重新創造白晝的時刻已經到來。』

然後那個自稱是恩桑比的從者也這麼說過。

她說我這份控制〝邪靈〞的能力，與她恩桑比的力量都是同樣性質，就是〝死亡〞本身。

「——阿努比斯與恩桑比都是和死亡、冥界有關的從者。這樣的一群人竟然合力一起攻擊馬賽克市。」

我忍不住緊緊抓住沙灘上的沙粒。

「可是這種大規模的攻擊，如果沒有相當程度的支援根本不可能完成，也不可能會付諸實行。不是嗎？」

「……妳是說還有其他我們不知道的敵人嗎……」

小春的推測正合我意，雖然年紀還小，但她果然是一名戰士。受過的訓練就是隨時隨地都要預料最壞的情況。

「……嗯。」

卡琳一邊發出呻吟聲，身子一邊向後仰。她的反應也很好懂。

「欸？拜託別鬧了，妳說還有其他的敵人？真的很煩耶——」

「我們應該要做好這樣的防備，我覺得可能性很高。冥界的神祇不只一名，神話中的冥界也不只一種而已。這世界上沒有哪一種神話從沒論及死亡和宗教，甚至可以說有多少種神話，就有多少種冥界存在。所以可能的對象多不勝數。」

光是我腦海中一時想起來的就有好幾個，一口氣還講不完。

掌管地獄的墮天使之長撒旦、管理北歐神話中亡者國度赫爾海姆的女神赫爾。還有奈落這個字詞來源的印度神祇那落迦，以及後來演變成閻羅王的冥界之王閻魔。

美索不達米亞的冥界女王埃列什基伽勒——

以及希臘神話的黑帝斯、吞噬泰坦神族的原初奈落塔耳塔洛斯。

「……所以當我偶然遇上魔女喀耳刻的時候，我還以為這是個獲取情報的好機會。因為那個魔女可是女神黑卡蒂的使徒啊。」

「原來妳和那個當司儀的魔女見過面了啊。我和喀耳刻幾乎沒有說過話，可是我知道女神黑卡蒂是月神，和女性有很深的關係。而且也知道人們把她和黑帝斯一樣，都當作掌管冥界的神祇信奉。」

小春有學過關於魔女喀耳刻的神話，那就好辦了。

「沒錯——而且即便變成從者會大大限制原有的權能，但身為冥界之主的眾神根本不可能召喚得出來。因為祂們自己就是冥界，一旦在現實世界降臨，地獄就會直接在現場擴散開來。真變成那樣的話，就不只是戰鬥或是馬賽克市的治安云云那麼簡單了。」

就算象徵冥界的神祇擬人化變成一副人畜無害的模樣，祂的威脅也不會有絲毫減輕。想要和祂們溝通，甚至說服祂們聽從自己的意見根本是天大的自以為是。可是……敵方確實有人具有與冥界相關的力量。

小春一邊想，一邊繼續說道：

「阿努比斯……雖然的確是掌管冥界的重要神祇，可是祂扮演的角色應該不是至高無上的王者，應該是把亡者帶往冥界，裁定亡者生前罪過的審判者才對吧？」

「是，我覺得可以把祂當成埃及神話版本的閻羅王。但如果有阿努比斯的部下或有同等立場的人出力協助的話——我覺得那個人一定是處在冥界與人界交界處的存在。照這樣說的話……那就不一定是高靈格的神靈了。」

我自己也知道這樣的說法很模糊，但還是坦白把我思考出來的推測說出來。

「對了，喀耳刻之前也說過。她說女神黑卡蒂飼養的獵犬真的恐怖得不得了。那個不也是狗嗎？」

卡琳也回想起我們之前在水果點心店的談話內容。

「一定有關係的。看門犬不是給人一種印象會保護亡者的靈魂嗎？看喀耳刻害怕的樣子，只是因為她在修煉的時候出槌，黑卡蒂才會派出獵犬無情地把她狠狠教訓了一番……」

結果喀耳刻自己後來也照著黑卡蒂那一套，創造出六頭狂犬的怪物斯庫拉。我可不想惹來黑卡蒂式的報復。

「……無論如何，那時候我就詢問關於與冥界有關的從者，試著請魔女提供意見。就好比勇者奧德修斯，那位大英雄為了要見某位預言家的亡靈，所以下到冥界去。而且還沒有付出任何代價就活著回來。真的很了不起，那可是特例中的特例。要是沒有喀耳刻的建議，根本不可能辦到。」

「那個搞笑魔女真的那麼厲害？根本就是作弊了嘛。」

「……………」

當我說出奧德修斯這個名字的時候，小春有一點反應。可是馬賽克市內沒有那位大英雄現世的紀錄，難道她對奧德修斯有什麼感情嗎？

「——只是喀耳刻不太想提奧德修斯的事情，不知道是不是為了掩飾自己不好意思的情緒，她把自己知道的兩位英雄的傳說故事告訴了我們。這兩位英雄在馬賽克市都沒有受到召喚。」

「兩位英雄……會是誰呢？喀耳刻一直都待在島上，和她熟識的人應該不多才對。」

小春的問題說得沒錯，當時我也很粗心大意，沒有注意到這件事。

「他們兩個都是阿爾戈勇士，也就是在那個曾經去過艾尤島的勇者伊阿宋率領下，搭乘阿爾戈號的船員。其中一位是蛇夫座的阿斯克勒庇俄斯，他是後來被譽為醫神的名醫，傳說是個超乎常人的半神族，就連死人都能復活。真要說的話，他其實不屬於冥界，只是與生死天理有很深的關係。」

經過我的調查之後，發現有紀錄記載這位阿斯克勒庇俄斯在過去的戰爭中有召喚過。可是因為利用價值極高，有可能左右戰局，敵方陣營一開始就對他提高戒備，因此很早就淘汰出局了。

「另外還有一個人，他的名字叫做〝奧菲斯〞——」

奧菲斯——就是那位逃脫不了輪迴轉世之苦的吟遊詩人。

*

〝入冥界〞是世界各地神話中普遍都有的主題。

神祇或是英雄，又或是情侶當中的其中一人，下到死後的世界然後回歸人間。

跟著丈夫杜穆濟而下去冥界的女神伊絲塔。

為了取回大英雄基爾加梅修掉落的樂器而前往冥界的恩基杜。

大神宙斯的女兒波瑟芬妮被黑帝斯神擄走，因為吃了冥界的食物，所以一年當中有一半的時間都得在冥界當中度過。

日本神話也有〃入陰間〃的傳說，造訪根之堅洲國的大國主命破解了須佐之男命給他的諸多難題之後，迎娶他的女兒須勢理毘賣命。開天闢地的大神伊邪那歧為了要找回過世的亡妻伊邪那美而去了黃泉坂比良坡，可是看到妻子面目全非的樣子之後又嚇得逃回人間。

而希臘神話中的吟遊詩人奧菲斯也是前往冥界要討回妻子歐利蒂絲，可是他的嘗試最後還是以失敗告終。

阿努比斯之神也是掌管製作木乃伊的知名神祇。

祂的別名叫做〃Khenti-Seh-netjer〃，意思就是「神聖廳堂之主」。

從那無與倫比的金字塔工程就看得出來，古埃及人很在乎要怎麼度過死後的世界，然後重新復活，迎接充滿光明的來生。

阿努比斯最初製作的木乃伊，就是祂的父神，豐饒之神歐西里斯。阿努比斯是歐西里斯與自己的弟弟賽特神的妻子所生下的私生子。賽特神在狂妒之下殺害了歐西里斯，把他的屍體切成好幾塊，灑在尼羅河裡。

把這些肉塊集結還原成原本的身軀，做成木乃伊，然後施展奇蹟使其復活的就是阿努比斯。換句話說，阿努比斯不僅是冥界之神，同時也掌管復活之神的職責。

……這麼說來在奧菲斯死後，他的屍體也被狂女信徒給肢解。也因為這樣，所以他本人沒有成為星座，反而是他最愛用的〝豎琴〞變成星座在天上大放光明。

黃昏時刻，我們一行人回到〝Ahnenerbe〞，彼此討論著這類型的神話故事，調查那些神靈攻擊人們的動機，可是一時半刻還找不到什麼結論。

我也不能拿這個問題去問千歲，打從一開始我就沒有指望她。魔術師在隱匿奧祕的同時，也是避免一般人接觸到不可碰觸的危險。要是千歲把一切祕密都揭露出來，屆時就等於她讓危機危害到不只是卡琳，還有我身邊所有的市民。

這一餐輪到Voyager與卡琳負責下廚。今晚的菜色是最不會出錯的咖哩飯以及熱帶水果沙拉。Voyager被指派來監視我，說是不要讓我隨隨便便靠近咖哩飯的鍋子。真是太失禮了。

在晚餐時刻，小春無意間說出的一個字吸引我的注意。

「東京……？」

「對，我是這樣說的……怎麼了嗎，繪里世同學？」

歪著頭的小春看起來有點好笑，所以我笑著回她。

「關東地區的這一帶以前不是叫做東京地區嗎？文獻裡常常提到這個地名，我當然知道啊。」

「不，不是這個意思……我是說《東京》。」

「……？」

小春還想再問，可是我不知道她想問什麼。

「繪里世同學……妳沒事吧……這是我出生以前的事情，可是我記得《東京》這地方——」

小春一頭霧水地對我說道，這時候卡琳很溫和地打斷了她。

「卡琳……同學？」

卡琳正好從廚房回來，把餐具放在桌上後便把小春帶走，兩個人躲到我看不見的地方竊竊私語。既然是卡琳，我也不需要特地強化聽力去偷聽她們在說什麼。

「……欸，妳們是怎麼了？兩個人瞞著什麼祕密？」

可是莫名其妙被排擠在外總是不舒服。

看我有點不高興，Voyager 停止用餐，直直盯著我看。椅子不太合適他的身高，所以他坐起來離餐桌有點近。

「…………」

「怎麼了，Voyager？」

「……繪里世，妳想去嗎？去那個東京？要不要我帶妳去？」

「嗄？拜託你別鬧了。怎麼連你都在說這些五四三。我要去的地方是冬木，才不是東京呢。」

「…………」

澄澈的水藍色眼眸直射在我身上。他有時候會用這種眼神看我，這時候我的胸口就會感到一陣心痛，彷彿被拋棄在一片虛空當中。

「……Voyager。」

「我知道了，繪里世。說得沒錯，那我們就去冬木吧。」

看到他的微笑，我沒想到自己竟然會這麼放心。

「——〝死神〞。」

這時候突然有人叫我。

呼喚我的騎士半躺在背對著餐桌的高背沙發上，已經打開第二瓶紅酒。他面前的矮桌上放著一副西洋棋盤，還有一本打開的棋謎書。

「妳說在冬木有〝聖杯〞，那是真的嗎？」

「……您是在問我嗎？要向身為〝聖杯騎士〞的加拉哈德爵士回答這個問題著實令我惶恐……」

「妳真是不討喜，宇津見繪里世。可是倒比那個頑固的小春有看頭，適合在宮廷裡辦事。卡美洛城的氛圍就是陰暗，愈惹人厭的侍從愈容易出頭。不然要不要我幫妳謀個一官半職？」

（我們彼此彼此，所以見面就忍不住想要互虧兩句。）

可是他叫了我的名字，這應該是第一次。那麼即便他只是酒後輕狂才問這個問題，但也不是隨便問問而已。

「……承蒙你的讚美，我深感榮幸。關於你問的問題……我是堅信冬木的確有聖杯存在。」

「喔，維持信念需要有個理由，可是維持信仰就不需要什麼理由了，理由甚至還是有害的。或者這只是妳不管三七二十一，豁出去賭一把嗎？年輕人年少輕狂是好事……可別告訴我妳只是被一句遺言束縛住了喔，我不想聽這種愚蠢的瘋話。」

「…………」

他又把小春問過的問題拿來問我。這時候我才發現，Voyager 也在注視著我。

被教訓過一陣之後，我原本模糊的念頭終於愈來愈鮮明，如同邪靈成為我鋒銳的武器一般。我走過客廳，站在沙發旁。

「——是希望，我自己的希望。經過這趟探索旅程，最後一定可以找到聖杯。那是改變我們這個世界的唯一希望。」

「嗯……口氣不小。但如果只有妳自己的世界產生變化，有什麼必要特地跑去依賴聖杯？一個不懂得愛別人的人真的需要聖杯嗎？」

「什麼意思？」

「妳好不容易才放下了〝死神〞的工作，乾脆撇下一切逃開不是更簡單嗎？為什麼不就這樣得過且過就好，宇津見繪里世？妳只是對一直手染從者鮮血的自己感到厭倦，為了贖罪而去尋找聖杯，就算真給妳找到了，面對那盈滿的聖杯妳也只會腦袋一片空白而已。事實上過去就有一個男人是這樣，自己沒有任何一個願望。被迫面對真相，知道自己只是為了活著而活著，這可是比死還痛苦喔。」

「……唔……我……我是……」

加拉哈德這番話並非責備，而是事實。他把事實攤在我眼前，這樣逼問我，頓時讓我不知道接下來該怎麼說。這時候——

「——加拉哈德。」

小春踩著重重的腳步走回來，直接擋在我面前，下一秒竟然用力在騎士的臉頰上打下去。可是騎士輕鬆寫意地舉手護住臉頰。小春也不理會，繼續說道：

「講這些話太冒失了，我不能坐視。你沒資格用這種不禮貌的口氣對繪里世同學講話。根本沒見過聖杯的你，有什麼資格告訴別人何謂聖杯？更遑論你竟然出言輕蔑繪里世同學的人生態度！對不起，繪里世同學，這都是我的不對！」

不理會心不甘情不願，不想改變態度的從者，年幼的御主深深低下頭。看到她這麼誠心誠意地賠罪，我反而感到滿心羞恥，拚命想要她把頭抬起來。

「沒關係，沒事的。小春。換做是誰看了都會這樣想。我本來就很軟弱，做什麼事都沒辦法貫徹始終。那個……不提我了……妳剛才說加拉哈德沒見過聖杯？這是什麼——」

小春把自己的決心說出口。

「先前在淘汰賽的宣傳的場合，以及對外都沒有公開過。不過現在說出來應該無所謂了。可以嗎？加拉哈德。」

「我不記得有拜託妳不要講，是妳們自己擅自決定的。」

聖杯騎士的主人輕輕嘆了一口氣，說道：

「……加拉哈德那趟尋找聖杯的旅程並沒有完成，他看過的聖杯就只有出現在卡美洛城的那道幻影而已。沒錯，他就是所謂的異體從者，記憶與經驗都不完整的英靈——又或許他是與正史有過一段相似而不同的人生，具有人格的英靈。究竟是哪一種，連他自己也不清楚。唯一可以確定的，就是加拉哈德是自己決定放棄尋找聖杯的。」

（異體……他是異體版的加拉哈德……!?他放棄了聖杯……!?）

這有跡可循。〝聖杯騎士〞最著名的招牌就是那面紅色十字盾牌，可是我從沒看加拉哈德拿出來過。如果是聖杯淘汰賽的熱衷粉絲，恐怕多少已經推測出來了。可是我對這類情報一直很生疏。

（還有他的態度……和那個號稱比亞瑟王與湖中騎士更加高潔勇敢的騎士印象相差太多。至少就我看起來不像。可是把態度惡劣當成是異體從者的特徵也太輕率、太言之過早。這種乾脆直率的行事風格我還滿喜歡的。）

「就算是異體從者，但他還是加拉哈德爵士本人啊……應該沒錯吧。」

忍耐不住激動的情緒，我的關注焦點轉移到身為御主的小春身上。

個性頑固的小春敞開心扉對我表露心跡。她把自己從者可說是汙點的祕密告訴了我，害我誤以為我們彼此拉近了距離。

所以我才會一時衝動，脫口說出這句話。

「小春，我希望妳也一起來。和我一起去冬木。」

「去冬木……」

她困惑了一陣，就如同這個年紀的女孩子一樣。看到她的反應，加拉哈德故意挑起一邊眉毛，覺得饒富趣味地微微笑了笑。

「……當繪里世同學說妳不是來拜訪聖痕，而是來探望我的時候，我就知道妳會這樣拜託我。**不好的預感**真的實現了。」

小春把白色外套裹緊身子，垂下頭來。

「……非常抱歉，我不能去。我算不上是可用的戰力。」

「不用擔心，小春。妳的傷一定會好的。而且我之所以想依靠妳，是因為妳——」

（妳曾經和我一起並肩作戰，是懂得真正戰鬥的人……）

我本想這樣告訴她，可是小春靜靜搖頭，打斷我的話。

「我不是那個意思，而且也和我能不能重回淘汰賽沒有關係。」

「……該不會是千歲對妳說了什麼吧？是這樣嗎？」

「……………」

小春低著頭，從她的表情我看不出答案。我回頭看向她的搭檔。

「——加拉哈德爵士。」

我無力的表情肯定流露出明顯的懇求之意，可是他連眉毛都沒動一下，只是冷笑著說道：

「〝死神〞，很遺憾地這是小春本人的意願，和我對妳去尋找聖杯的旅程有什麼想法無關……妳也別奢望利用我來說服她。這傢伙腦袋硬邦邦的，和十字盾牌有得比。」

加拉哈德半捉弄地把手往小春頭上伸過去，少女很不高興地用力把他的手甩開。

「哼——我也不想再看妳們唉聲嘆氣，連酒都變苦澀了。我可要離開這座只有少女的城堡啦。」

加拉哈德丟下這句話之後，就在眾人面前化為靈體離開房間，只留下沒喝完的酒杯在桌上。

這個男的真是徹頭徹尾無禮又傲慢，他先前幫助Voyager，我本來還想向他道謝的。結果連心裡的謝意都完全沒了。

「……唉呀呀，繪里里被甩了。」

卡琳把手撐在桌面上，一邊舀著雪酪來吃一邊做壁上觀。然後自顧自地對 Voyager 說道：

「你要注意喔，Voyager。像這種時候，要是你去安慰她的話反而會有反效果。要小心別在傷口上灑鹽。」

「可是卡琳，繪里世看起來好像很有事的樣子耶。」

你們講的我都聽見了啦……如果只有我自己一個人的話，我都想哭了。

＊

後來終於到了睡覺時間。

我們特地把寢具全放在一間寢室裡，大家擠在一起睡。

我和小春原本是想要在各自的寢室裡休息，卡琳那小妮子硬是把我們都拉到同一間寢室睡。她昨天晚上也是這麼愛鬧。就她的說法，這樣就像是往昔的校外教學一樣很有趣，但我實在沒什麼感覺。

Voyager 雖然性別上是男生，但因為他無法變成靈體，所以也和我們同寢。他也吃著卡琳帶上島的零食，或是嘗試玩牌，兩人一起鬧個不停。

現在他已經在月光灑落的安靜寢室內睡著，睡臉看起來是那麼地天真無邪。有些從者完全不用睡覺，而他看起來根本就是玩到累趴睡著的小孩子一樣。

（本以為我也終於可以睡得著……結果還是不行。）

不太想睡的原因是因為我的身體還想多消耗一些體力。如果每天不進行訓練折磨一下身體，那些惡靈又會開始作怪。不過就在我終於慢慢要進入夢鄉的時候——

「對不起……繪里世同學。」

我側睡躺著，小春低聲地在我背後說道。她比我更不習慣這樣的氣氛，更加感到困惑。

「……請妳不要恨那個人。」

「……妳是說千歲嗎……」

「是的。雖然〝聖痕〞暗示我不要說，但我還要說出來。我希望繪里世同學知道這件事。」

「…………如果妳要說的話，我就聽啊。」

我很後悔自己鬧脾氣，用這種口氣不悅的方式回答她。明明我都已經發現她的聲音有些顫抖，立刻便察覺她是百般煩惱之後才決定要坦白說出來的。

「競技場攻擊事件過後，我回到萊登佛斯家，當時就決定要把我處理掉了。」

「……妳是說……！」

我倒抽一口冷氣，掀開被單回頭看向小春。

睡在Voyager對面的卡琳也用懶洋洋的聲音低聲說道：

「……處理？處理什麼？」

「還會是什麼……」

所謂的處理也就是〝死路一條〞。在魔術師的血緣團體當中只有這個意思。

小春雖然是魔術師，但卻不是人類。因為她是人工生命體。

這麼殘酷的內情卡琳根本不該知道，我也不希望她知道。

可是小春還是語氣平和地繼續說道：

「──我會像過去的實驗體一樣，當作失敗品處理掉。要是一般做法，我會被還原成能夠再利用的純粹媒質與種子體。可是……因為我的媒質已經被恩桑比的咒術汙染，沒辦法再利用，所以應該單純就是報廢丟棄而已。」

「…………」

「等、等等。先等一下。妳們在說什麼，我聽不是很懂！喂，繪里世，別默不作聲的，妳說說話啊！」

卡琳也察覺事情的可怕，可是我該怎麼回答才好。雖然覺得不該如何是好，但內心深處我卻已經泰半能夠了解小春所說的話。內心的矛盾讓我感到很不舒服，但我還是勉強擠出一句話來。

「………然後呢……」

「已經有好幾具尚未甦醒的實驗體已經製作完成準備好了，之後會接替我。」

這麼一件恐怖的事情，她說來卻是輕描淡寫。啊，討厭。我最痛恨的就是魔術師了。

「這樣啊……那觸媒也已經有囉。他們已經有遺物可以當作從者召喚的〝觸媒〞。」

「嗯，這件事瞞著妳也沒什麼意義。萊登佛斯家已經拿到騎士加拉哈德佩帶的〝劍帶〞。用這件準聖遺物當作觸媒進行降靈儀式，經過幾次失敗經驗之後，最後就是我終於召喚成功，而且還能保持穩定。」

「聖騎士的劍帶？真是了不起……可是實際上召喚出來的卻是……」

「是異體從者。憑我這個召喚人的能力，召喚出異體從者已經是極限了吧。」

「……真正能匹配圓桌騎士的御主，這世上大概也找不到幾個吧。」

在馬賽克市裡，市民各自召喚從者並不需要觸媒。他們會依照《聖杯》的神諭，分配到最適合自己的從者。

不過人們還是可以藉由使用〝觸媒〞的儀式，召喚出特定的對象。表面上這是違法行為，但現實就是販賣觸媒物的商店總是不乏客戶上門，生意很好。

從這種違法行為延伸出來，就會有一些御主與從者會成為威脅城鎮治安的犯罪者。過去我也曾經和好幾組這樣的御主與從者交手過。

「這麼說來……萊登佛斯家內部已經找出能夠正確利用馬賽克市的《聖杯》進行召喚的方法了。把〝觸媒〞與人工生命體拿來搭配，就能夠控制自己要召喚的從者。他們已經成功打造出這樣的儀式了是嗎？」

現在這種場面分明這麼令人難過，我也已經注意到卡琳訝異的眼神，但還是想優先滿足自己的好奇心……

「——是的，我的老師說過，如今這個方法比地球上任何靈脈都更有效率。」

「這樣啊……」

也只有魔術師認為這是有效率。其他召喚失敗的實驗體想當然耳也都被〝處理〞掉了吧。

人工生命體是一種類生命，組成的媒質、亞當之土、原初質料是最為貴重的。

「所以……原本我應該再也沒有機會和繪里世同學見面了。可是後來情況有變。」

「情況有變……什麼事情改變了？」

卡琳有些不安地問道，但語氣中也混雜著一點樂觀的希望。

「……情況改變的原因我們已經知道了，卡琳。因為打從**那一晚**之後，再也沒有任何從者受到召喚降臨了。萊登佛斯家也已經知道有這個狀況。就算手中有能夠召喚的觸媒，還有效果奇佳的召喚儀式，但現在已經無法保證能夠再次召喚到加拉哈德。我說得對嗎？」

「……就如繪里世同學說的那樣。所以他們決定暫時不處理掉我。」

小春雖然覺得不知如何是好，還有些猶豫，但還是把整件事情完整告訴我們了。講話的時候，她的視線一直看著用醫療貼布處理過的右手。

「可是雖然我暫時不會被處理掉，我的老師還是果斷下了決定。他說要把我的令咒取出，移植到其他實驗體上，希望在這個過程當中，能夠把詛咒分離出來。要是順利的話，令咒就能連同加拉哈德一起交給下一個御主繼承。我也認為那是最好的方法。」

「……不曉得是對誰最好。」

我忽然覺得小春好可怕，看起來就像是某種讓人難以親近的異樣事物。她行事立身是那樣地端正，端正到甚至有些扭曲。在她身上我看到的是我自己。口口聲聲為了維護城市的和平而動武，其實卻是為了隱瞞自己的懦弱。身為〝死神〞的過去成為沉重的負擔，讓我沒辦法邁步向前。

——可是卡琳不一樣，她總是無拘無束的。

「怎麼……所以妳剛才拒絕繪里里，是因為自己快要死了，所以不能去嗎？原來是這個原因嗎？」

「要是沒了令咒與從者，我就會失去存在的價值，因為《聖杯》不會把從者賜給一個沒有令咒的人。而且——」

「嗄？妳在說什麼啊！」

「卡琳……別那麼大聲。」

我實在不忍心再聽下去，所以明明不認為卡琳有什麼錯，但還是忍不住出言糾正她。

「我才不管！那淘汰賽呢!?小春，妳之所以成為聖杯淘汰賽的選手也——」

「多少也是有關係的。聖杯淘汰賽的模擬戰可以證明我是一個能夠完全掌控從者的御主。更重要的是那個場合可以知道英靈附體的效果到底有多大。」

月光照亮小春心滿意足的冷靜笑容，美得真的就像是**洋娃娃**一樣。

「——可是聖痕已經表示不贊同我老師的想法。她認為如果萬一令咒移植失敗的話，可能會永遠失去加拉哈德，她可能判斷光是表達自己的意見，還無法完全相信我的老師。所以才會設法把我送到這處安全屋，接受她的保護。站在萊登佛斯家的立場，也不希望看到無法自保的我被其他勢力攻擊，讓加拉哈德被搶走。所以也只好被迫接受。」

「是千歲她……這麼做……」

「是的。所以……繪里世同學，如果妳因為這件事而怨恨聖痕的話，那是不對的。」

「…………」

這冷峻的現實讓我渾身顫抖起來。即便有小春幫忙說話，但千歲她保護小春的性命仍然不是出於任何親愛的感情，只不過最後的結果小春因此保住一命而已。一切事情在進展的時候，沒有一個人顧慮到小春個人的意願。

要是失去了使用人造生命體進行召喚的環境條件，萊登佛斯家與千歲就沒辦法像過去那樣維持良好的關係。因為千歲單方面的干涉，兩者之間已經有了裂縫。萊登佛斯家不可能一直這樣唯唯諾諾下去，如今情況已經是一觸即發了。

水珠一滴一滴地掉在床單上。

眼淚從低著頭的卡琳臉頰上滾落。

「卡琳同學……請妳別哭。」

小春靜靜地伸出手。

「——無論是聖痕或是萊登佛斯家，一切的一切都是為了你們、為了市民著想才做的。如果能夠為了生活在這座城市的人們安寧祥和、能夠為了某個人而活的話，我覺得再幸福也不過了。」

……即便那只是人工生命短暫的人生也一樣。

卡琳的肩膀上下顫抖，壓低哭聲，發出無聲的嗚咽。

「可是……妳還是願意為了我而哭呢。」

小春以顫抖的聲音低聲說道，伸手怯怯地摸上卡琳濡溼的臉頰。卡琳哭到哽咽，深吸一口氣卻嗆了一下，手指緊緊抓著床單。

「嗚……可惡、可惡、可惡！不是的，我是……這樣明明不對，可是小春還是自願上場戰鬥！自願當成實驗的白老鼠！還自己覺得無所謂。這才是我不能接受的，可是我又無能為力。自己怎麼這麼丟臉，什麼都幫不上……」

「謝謝妳，卡琳同學……沒關係的。妳這樣想就已經足夠了。」

「別說了，笨蛋。別再說了……什麼都別說……」

卡琳雙臂交叉，想要遮住涕泗縱橫的臉，然後又一邊啜泣、一邊仰頭看著天花板。

「啊啊，抱歉啦，小春……妳已經是有所覺悟的人，而像我這樣的平凡人竟然還覺得妳很可憐……為了這種膚淺的同情而哭，我不該這樣看扁妳……對不起……」

「卡琳同學……」

我的老朋友——卡琳或許覺得很羞恥。

我自己的境遇如此，雖然我愛鬧彆扭的性格讓她很無言，但她從來沒有覺得我很可憐。從來沒有受到我的自虐心態或是感傷所影響，並且沉浸在內。

此時此刻她卻在當事者小春面前，像個悲劇人物一般浪費充滿優越感的淚水，讓她覺得非常懊恨。

＊

第二天凌晨，我一個人獨自來到微露魚肚白的海灘上。

我莫名地想活動筋骨，很想一邊慢跑，一邊思考一些事情。

（小春……她也在哭……她是那麼堅強的女孩，面對神靈恩桑比與圓桌騎士加拉哈德的時候都不曾退縮……）

小春的眼淚不是為自己悲傷，而是因為她確實感受到卡琳真誠的心意。她絕不會停下腳步自憐自艾，如果有那種空閒的話，她寧可試圖往前更邁進一步。

我不像卡琳，沒有她那種不求任何回報的大愛。我一直都認為愛是要平等互相的。

我太膽小，沒辦法像小春那樣把自己的身心都完全奉獻在使命上。

一夜過後，我的腦袋裡一直有個念頭揮之不去。

我甚至一醒來看到他睡覺的臉龐，就趕忙跑出寢室。

（……Voyager……都是因為我和他相遇的關係……）

要是他沒有被召喚出來的話，小春就不會遭遇這種事了。

Voyager 不是最後一名被召喚出來的從者，這種說法根本顛倒了。會不會因為 Voyager 被召喚出來，才使得整個馬賽克市都變得不對勁了？

一定是我搞錯了，阿努比斯他們幹的好事更有可能是一切的肇因元凶。

……可是先前千歲曾經想要消滅Voyager。

要是我放棄從者，大家就能一如往常召喚從者，敵人是不是也會對我失去興趣，所以事情都回歸平靜呢？難道這樣就可以了嗎？

我一路跑到沙灘上，那名男子已經在這裡了。

他坐在小艇放置場的一艘底部朝上擺放的小船上，遠眺著閃耀粉藍雙色相交的粼粼波光。

「路修斯──」

千歲不在他身旁，只有他一人在這。

「早、早安……你怎麼打扮成這樣。」

「Bonum diem（早安），繪里世──這樣看起來很奇怪嗎？我也想試著穿穿有度假感覺的衣服。」

他身上穿著夏威夷衫，腳下則是運動涼鞋，比昨天加拉哈德的打扮看起來更不相襯。

「可是這處度假地連個可以一起嬉戲的對象都沒有，反正加拉哈德爵士也在這裡，我要不要去找他比一比誰游泳游得比較遠呢？」

「嗯……我不太想看到那樣的光景。不提這個了……」

雖然他的態度軟化許多，還可以開玩笑，但我仍然沒有放鬆戒心。我掩飾不住緊張的情緒，當然路修斯也看在眼底。我把握機會，索性開門見山問道：

「那時候加拉哈德說過，他說路修斯沒有真的下重手。」

「是嗎？」

加拉哈德的確說過，路修斯早就預期加拉哈德會把他往 Voyager 擲出的長槍擋下來。加拉哈德也明白路修斯期待他會出手。

這是因為傳說中加拉哈德爵士在找尋聖杯之旅的最後得到了那柄聖槍。可是如今我已經知道加拉哈德是放棄尋找聖杯的異體英靈，這麼一來情況就不一樣了。

「……這座島雖然算得上是一處安全地帶，不過反正千歲要動手的時候還是會動手。那時候你明明想要殺 Voyager，這次卻放過我們嗎？你可真是遊刃有餘，難道是不把我和 Voyager 放在眼裡嗎？」

我鼓起勇氣盡力虛張聲勢，路修斯看了卻只是露出與現場氣氛不相襯的柔和笑容。

「嗯……妳的激將法功夫還不到家。就算只是想激我做出某種反應，妳在攻擊的時候至少該把武器磨得更鋒利一點才行。」

「……嗚……」

這有什麼辦法，因為連我自己到現在還是不敢相信路修斯會變成自己的敵人，根本就像是一場惡夢一樣。

（可是我的令咒在隱隱作痛……邪靈也不安分起來……）

昨天在碼頭那時候也一樣，當時我感覺到的並非只有Voyager的恐懼而已。

「妳的那個從者Voyager……我一點都沒有看輕他。」

他站起身來說道。

「——只不過用那種類似奇襲的方式得到的勝利根本算不上勝利。我就是不喜歡那樣。帶著內疚贏得的光榮事後只會成為解不開的毒藥，不斷侵蝕自己的內心而已。」

「就像你臉頰上的十字傷痕嗎？」

「嗯？啊，就是這樣。不過我這傷痕並不是十字架就是了。」

「不是嗎？」

「我這傷痕的事情妳已經問過了，只是那時候妳還很小。」

「對不起，十字架的事情我已經不記得了。」

他是說我以前摸他臉頰的時候嗎？

路修斯從船裡取出一樣武器，隨手向我拋了過來。那是一柄大約兩公尺長的木製船槳。

「那——妳還記得這個嗎？」

路修斯的語氣依然平和，但他手中船槳的前端已經向我刺了過來。

我在千鈞一髮之際躲過他的刺擊，在沙地上擺出架勢，爭取足夠的距離好施反擊。一場模擬戰就這樣開始了。手中的傢伙要拿來當長槍用稍嫌太短，但戰場上可是沒有人會等我找來稱手的武器。

昔日每一天的鍛鍊也是一樣。

我的雙親去世後，我在《新宿》度過的那幾年時光——

年幼的我被路修斯手中的訓練用木頭長槍打翻在地，或是狠狠地刺飛出去。要是沒能徹底閃過他的短刀，刀柄就會在我臉上砸出一塊黑青，或是被他的戰斧打斷鎖骨。每次只有傷勢太重，我自己處理不來的時候，卡蓮才會來幫我處理。可是從來沒有人出面阻止路修斯教導我格鬥戰的技巧。我自己對這種一而再、再而三的虐待也不疑有他，從來沒恨過路修斯或千歲，只是為了不想讓自己再受到那煩人的痛楚……為了想壓抑住惡靈一直要我殺死路修斯的呢喃聲，每天每天我又重新拿起武器。

多虧有那段異常的鍛鍊，我才能活到今天。

這都是因為路修斯好心，看不下去我被惡靈侵蝕而日漸消耗下去。

Lancer——路修斯・朗基努斯。

歷史上聖朗基努斯的一生完全是一團謎。

人們很難確定他究竟是不是真的存在。在聖經、福音書的次經才能看到的「朗基努斯」這個名字，如實地訴說著這個男子是一個虛構的人物。長槍在拉丁語當中寫作 lancea，希臘語當中則是 lonchi。換句話說，這個字是從「長槍」轉化出來，只是一個小配角的名字而已。就像蘭斯洛特（Lancelot）這個名字與古法文中的「長槍」有關聯一樣，兩者有異曲同工之妙。而他的名字〝路修斯〞在古羅馬也是相當普遍。

可是他仍然成為從者出現，具有活生生的實體，而且還把聖杯戰爭最光彩的勝利掌握在手中。

根據我自己從路修斯口中聽聞，再加上後來自己學到知識，兩者相合所拼湊出來的他的人生經歷是這樣的：

——路修斯是羅馬第二代皇帝提貝里烏斯統治時期的軍人，他是格鬥戰的高手，特別是槍術更為精湛。立下赫赫戰功的他被提拔為百夫長，派遣到日耳曼尼亞去。

羅馬軍的指揮官就是提貝里烏斯的姪子，也就是名將日耳曼尼庫斯，在軍中獲得將士絕對的信任。這位名將與日耳曼人的指揮官阿米尼烏斯進行過好幾場大戰，雖然付出不少的犧牲代價，好不容易才獲得勝利，展現羅馬帝國的威光。

之後日耳曼尼庫斯在非自願的情況下被派往中東，朗基努斯身為將軍的隨從也一併同行。聽說直到日耳曼尼庫斯怪異病逝之前，他一直隨侍在側。

之後朗基努斯成為猶大行省總督彼拉多的侍衛。〝救世主〞在耶路撒冷的各各他山行刑的時候，他也在場。

「留下這道傷痕的是一名女性凱爾特祭司。」

「凱爾特祭司？那就是女德魯伊了？」

路修斯踩著輕鬆的步伐，手中一邊揮動著當作武器使用的船槳一邊說道。他不像我有多餘的動作，把沙粒踢得漫天飛。

「她看起來年輕貌美，卻是一個實際年齡不明的異教祭司。那個女人雖然是阿米尼烏斯的部下，但不是日耳曼人，而是高盧人。她自稱曾經遍訪西班牙行省與不列顛尼亞，跟隨高盧英雄維欽托利，還與大名鼎鼎的蓋烏斯．尤利烏斯．凱撒的軍隊交戰過。是羅馬最痛恨的宿敵。」

「如果她說的是真的……豈不是年近百歲的老太婆了……就像千鶴那樣……」

「我那時候什麼都沒問——那名女性德魯伊所作所為就像是現代所謂的雙面諜。我自以為在利用那個女的……實際上卻深深為她著迷。雖然她最後遭到處刑，可是行刑前卻留下這道傷痕。這道傷痕不只是分手費而已，而是一道帶有詛咒的符文，讓我的眼睛失去光明。當時我在最前線擔任指揮官，事前獲報日爾曼大軍要進行奇襲。當我軍正準備要迎擊的時候，我的眼睛忽然失去視力，事先毫無徵兆。戰場因此陷入一片混亂，那個女德魯伊成功得報大仇。」

「真是意外……沒想到竟然和女人有關係……以前我聽說這件事之後有什麼反應？」

「哈哈，妳還糾正我，說一切都是我的錯。」

路修斯慢慢放下船槳，插在地面上。這是我最熟悉的動作，表示今天的鍛鍊到此結束。酣暢的戰意從灼熱又汗水淋漓的身體上逐漸散去。

「作戰失敗又成了瞎子，身為軍人的我形同死人。我本該死在那片戰場上的。

之後我只是因為日耳曼尼庫斯將軍的一念之仁才拖著一條命，也沒辦法保住將軍的性命——直到後來遇見那位**大人**之前，我一直在黑暗中苟延殘喘，過著有如行屍走肉的日子。」

這就是這名男子重見光明，成為聖朗基努斯之前的故事。

*

我全心全意專注在與路修斯練習槍術，完全把時間抛諸腦後。

時隔幾年之後再度交手對打，結果沒有感受到自己的成長，反而是深深感受到過去他真的對我下手頗多斟酌。正面迎戰的話，人類怎麼樣都不可能比得過全盛時期英靈的戰技與力量。這一點我當然明白，可是卻把我擔任〝夜巡者〞這段時間培養出來的那一點點自信又消磨光了。

當我回到〝Ahnenerbe〞的時候，小春已經在做早餐，卡琳也頂著惺忪睡眼在幫忙。

小春的動作雖然俐落，但做出來的東西卻一味地按照基本，缺少新鮮味。卡琳則是在一旁不經意地提點……不對，應該說是很嘮叨地提點，讓餐點增添不同的色彩。她們兩人已經相處得很融洽，一點都不生疏。不知道為什麼，我總覺得有些不是滋味。

只不過當卡琳在Voyager問我早上去哪裡的時候，我還是沒有說和路修斯見過面。我不想讓Voyager擔心。

早餐過後，Voyager對院子裡棕櫚樹之間架設的吊床大感興趣。原本以為他會當做跳床那樣在上蹦蹦跳跳，可是他好像是對吊床那種可以伸縮、又可以分散重量的構造有興趣。

不知道什麼時候連紅葉都現身出來，躺在庭院的草地上，舒舒服服地沐浴在晨光之下。

（……待得夠久了，這裡不是我能久留的地方。）

祥和安逸的光景讓我感到不安。一方面擔心自己離開之後城鎮那邊的狀況，同時也很掛念尚未露面的千歲。

到頭來我得不到冰室的聖骸布，也爭取不到小春與加拉哈德的助力。現在別說是前往冬木了，反倒是節節後退。

「啊……Voyager？」

「我沒事。」

我本來想幫他從吊床上下來，可是他卻繃起臉拒絕我的幫忙。

「啊啊，你看，我就說吧……」

他翻了一圈之後摔在地上。

他這副稚嫩宇宙少年的模樣，看起來一點都不像是太空探測船航海家號的全盛時期。話說回來，Voyager 原本就不是生物，如果要以人身現世的話，變成什麼模樣應該都可以吧？

（在星空中旅行的〝小王子〞……或許是我的先入為主觀念弄反了也說不定。）

這可能是我自以為是的妄想，但搞不好是召喚的因果關係顛倒了。

如果是因為我所渴望的從者模樣，投射到他身上的話，那就等同是我剝奪了他的戰力。可是我——

（我不希望 Voyager……去傷害任何人。）

我不想和那些人一樣，隨意利用那些被照理說應該已經結束的聖杯戰爭束縛住的從者。〝死神〞有我一個人就夠了。

我拍拍沙子，幫他站起身來。

「……Voyager，你就維持現在這樣子，不要改變喔。」

「這句話是什麼意思呢？」

「就是字面上的意思。」

他又不滿地皺起眉頭。連紅葉也擔心地扭頭把鼻尖轉向這裡。

「紅葉應該是沒辦法在這上面睡吧，真是可惜。」

「不可以這麼明指女性的體重喔，Voyager。」

「……這樣啊，那對不起了。」

「呵呵。」

——紅葉發出呼嚕嚕的聲音，彷彿連她也笑了。

我認為現在是個好時機，所以來到Voyager身旁坐在吊床上，把我所知道的紅葉傳說講給他聽。要在鬼女紅葉面前講述她的生平背景當然是滿緊張的，不過我們已經是老相識，而且我大致上也知道什麼事情是不該提的地雷。

我猜得出來紅葉痛恨的對象是誰，但是不知道為什麼她會成為Berserker，如今沉浸在有如半夢半醒般徐緩的狂氣當中。就連御主卡琳也不曾很明白地說過這件事，只有把她看見的殘夢片段說給我聽過而已。

就在我開始講述戶隱山的鬼女故事之後過了一陣子——

「繪里世同學！Voyager！快來救我！」

滿臉通紅的小春竟然出現在院子裡，還被脫到一半的衣服給絆了一下。

「……發生什麼事了？難不成是卡琳襲擊妳嗎？」

「不、是，那個……這個……」

卡琳從她背後露出頭來，臉上掛著如惡鬼般無情的笑臉。

「嗨，繪里里、Voyager，幫我把這小姑娘抓得牢牢的，我要讓她穿上這個。」

「原來是妳買來的泳衣啊。對了，妳好像說過有買泳衣。」

「我說過我不要……！繪里世同學!?」

少女拚命來向我求助，而我則是用冰冷的眼光上下打量她。

「如果我救妳的話，妳要和我一起去冬木嗎？」

「現、現在不是商量事情的時候吧？」

「嗯～或許不是。反正卡琳要找我們去玩海水浴不是嗎？如果對妳的傷沒有影響的話，那就去啊。再說了，卡琳都這麼興致勃勃，勸妳還是不要抵抗比較好。再怎麼頑抗都是沒有意義的。嗯。」

我自己已經有過經驗了。比方說我陪卡琳去逛服飾店的時候，從前有好幾次我選的衣服都被她打槍，到頭來還成了她的換裝娃娃。

「又要去游泳是吧？」

「是啊，Voyager。都到這種名流人士專用的度假區來了，我們到現在還沒下水去玩過耶！小紅，妳也一起來！」

「這倒不錯耶。」

退無可退的小春發出強烈抗議。

「嗚嗚……我恨，我會怨恨妳們的！我、我要上報聖痕！現在我可是在她的庇護之下喔！」

「這樣啊，我倒是滿想看看千歲不知如何是好的表情。乾脆給她再增加一點煩惱好了！」

「今天的繪里世同學怎麼這麼壞心眼……」

＊

——結果我們還是決定各自準備好，去海灘上玩海水浴。

雖然我已經是半放棄狀態，但恐怕還沒她嚴重。小春放棄掙扎，在卡琳的強迫下換上泳衣，披著能裹住整個身子的大毛巾，垂頭喪氣地跟著我們走。

「不錯嘛，看起來超好看的啊，小春春！妳這樣絕對好看的啦！怎麼沙灘上會有天使降臨啊!?該不會是搾取男性精力的魅魔吧?」

「卡琳?妳這樣太惡搞了。可是小春,妳穿這樣看起來一點都不奇怪,我覺得真的很可愛喔。要是加拉哈德爵士來捉弄妳的話,我一定會幫妳巴他一下。那個人怎麼又擅自跑掉了。」

「…………嗚嗚……」

雖然看起來可憐兮兮的,可是連耳根子都變紅的小春看起來真是稚嫩。

無肩帶,蓬鬆輕飄飄的比基尼,配上丹寧小短褲。光論露出肌膚的多寡,比起卡琳還稍微少了一點,差不多就是在《秋葉原》街頭上常常看到的那種程度。

如果她是因為不常看到休閒用泳衣而感到困惑的話,那就更令人覺得莞爾一笑了。

可是——

等到我們到了目的地的海灘,這次卻輪到我大感頭痛。

「嗚、嗚哇、哇……那是怎樣……拜託別鬧了好不好……」

映入眼簾的光景實在太震撼,我忍不住靠在小春肩上。

美麗的海灘上已經有人先到了——就是真鶴千歲。

白色的陽傘下，她戴著倒映出蔚藍海水的太陽眼鏡，姿態優雅地躺在躺椅上。這還無妨，問題是她那身超露的紅色比基尼。雖然設計上多少修改為和風款式，但現在那不是重點。

怎麼說……我不會要求她不准穿泳衣或是不准下水游泳，是不會這樣要求。可是我希望她真的不要故意挑戰和年輕人較勁，還表現得那麼明顯。真是饒了我吧。

「那個……繪里世同學，妳那樣的態度對她會不會太失禮了……」

「嗚嗚嗚，我要死了。側腹愈來愈痛……」

「她真是超猛的。嗯？怎麼是繪里世損血？原來真的有那種穿了衣服更顯得苗條的人啊！我還以為那是都市傳說呢。」

「不曉得是都市傳說，還是怪談了……」

現場沒看到路修斯，至少沒有露出實體。千歲是單獨在這裡，沒有任何防備。那個千歲一臉沒事般，一手拿著汽水瓶，向我們招招手。

小春與興致勃勃的卡琳就這樣被招過去，我、Voyager 與紅葉三個人則是一起留在原地。

（Voyager……你又發抖了……）

「不好意思，打擾到妳休息了。」

小春站在千歲的躺椅前，恭敬地低下頭來。

「妳們兩位早啊。也不是，現在已經是中午了。妳們剛才是在談論我的事嗎？」

千歲微微側著頭，稍微拉了拉自己泳衣的肩帶。

「這裡是私人海灘，我想怎麼穿衣服都可以。是不是太衝動點了呢？」

「衝動？不、不會……非、非常好看啊。我說真的。」

千歲摘下眼鏡，柔和地微微一笑。

「呵呵，還比不上妳呢，萊登佛斯。不，妳今天應該是隱藏身分的小春小姐才對。」

「真、真是客氣了……承蒙聖痕讚美，我也稍微有一點自信了。這件泳衣是我身邊這位卡琳小姐餽贈的禮物。」

小春一邊介紹卡琳，意識到現在自己身上穿的衣服，臉龐又紅了起來。

「是嗎，那我也要向妳道謝了，卡琳。」

「啊哈哈，不用謝啦。是繪里里帶我到這裡來的。對了，我有件事一直想問問千歲小姐妳——」

卡琳很大膽地主動開問，就在這時候——

千歲的注意力忽然從對話中轉移開來，新世代的人一看這個動作就知道這代表什麼。若不是與從者心電感應對話，不然就是利用魔術在通話。千歲這個動作是屬於後者。

小春察覺有人來信給千歲，帶著有些緊張的表情結束對話。卡琳看到小春迅速離開現場，聳聳肩也跟著走回來。

至於我，從斷斷續續聽到的對話內容當中，已經大致猜到是誰和千歲講話了。

「Voyager，我有話要和千歲談談。你去和卡琳他們一起玩。」

「……我也要去。」

Voyager 用力搖頭。他用一種不算反抗，而是堅信自己當然應該要一起去的眼神仰頭看著我。雖然他身上穿的是鑲邊泳褲，看起來滿那個的，但本人是非常認真的。

「……不，沒關係的。你不是很怕千歲嗎？就像談論到〝蛇〞的時候那樣，你現在正在發抖。不過這也不能怪你。」

就連面對恩桑比的時候，Voyager 都沒有一絲畏懼。這名少年已經察覺千歲的可怕，可是他的回答卻令我很意外。

「我想那個人……應該不是蛇。」

「……總之我一個人去就好了。紅葉，麻煩妳幫忙照顧一下Voyager好嗎？」

紅葉發出呼嚕嚕的低吼聲表達應承，可是Voyager似乎不太能接受的樣子。

看準千歲講完電話，我開始與她進行交涉。要是正面看著她的話，我怕我會忍不住露出厭惡的表情，所以盡量把視線挪開，看著她的頭上面或是看向海平面的方向。

「來電向妳報告的人……是斯諾醫生嗎？」

「是啊，妳猜對了。」

——從者約翰・斯諾。

他是馬賽克市都市衛生部門的頭頭。他和擔任看護工作的御主一起做事，不只是提供醫學上的觀點建議，而且對魔術造成的汙染也相當注意。

他是十九世紀初的英國醫生，對傳染病預防有長足的貢獻，甚至還曾經幫那位赫赫有名的維多利亞女王助產。和科赫、巴斯德以及北里柴三郎等醫學界的偉人比起來，他在全球的知名度或許略遜一籌，但對我而言，斯諾醫生是個值得信賴、對我也照顧有加的人。

他這個人不喜歡別人任意干涉自己的工作，和千歲也保持距離，採取完全中立的立場。我之所以會認識他，是因為他曾經經由卡蓮的介紹，委託我辦一件祕密工作。相反的，我在處理一些事件的時候，也曾經藉助他的幫忙。

「妳們不是用魔術回路接上影像嗎？看到妳這身打扮，斯諾醫生沒說什麼嗎？」

「嗯~很可惜他連提都沒提。我本來以為他會不會覺得很有趣……」

原來是這樣。斯諾醫生過去終身未婚，這下我更確定他真的對女性毫無興趣了。也罷，這件事暫且不提──

「城裡那邊有什麼事嗎？」

斯諾醫生還特地親自向休假中的聖痕報告，猜得出來一定不是什麼好消息。小春同樣也已經察覺了。

「──那些違法進行召喚的市民又有人喪命了。根據斯諾的調查，他說似乎是影響範圍很大的咒術陷阱，只要有人進行召喚儀式就會發動。」

「……………陷阱？」

愈來愈多人進行違法召喚，這件事我從冰室那裡也聽說過。某種程度上我也料想得到。

那些想要彌補從者喪失的市民本身既是當事者，也是被害者。

儀式當中投注過多魔力造成的休克死亡、個人〝聖杯〞的機能不全，以及違法召喚失敗後一時衝動自盡……發生件數雖然不多，但令人在意的是死亡案例已經不限定於競技場事件的被害者而已了。

在這座醫學技術極為發達的城市，一般的傳染病都不會是問題。聖杯與心臟同化為一體，早期就能發現病灶，要是症狀輕微的話還能主動進行治療。如果預料之後會變成重症，聖杯也會自動通知城市管理ＡＩ，只要進行治療就一定治得好。

即便如此，如果是患者危害自己的話就另當別論了。要是有人在身邊放置違法咒物、主動阻隔自身與《聖杯》的連結機能的話，要把自己搞到多麼重病都可以。

我內心雖然大為震驚，但還是勉強裝做鎮定，從千歲口中套話。

「咒術陷阱——妳是說把無頭動物倒吊的咒物？」

「欸……沒想到妳已經獨自查到這麼多了，倒讓我驚訝。妳要看看嗎？嗯……」

（猜中了！這麼說來果然就是——）

千歲操作終端機械的時候遇上一點麻煩，我從旁協助。畫面上顯示出的照片據說是現場發現的東西。被拿來當作祭品的是鴿子、烏鴉、貓之類的小動物。牠們都被砍掉腦袋，身體內塞滿東西，綑綁吊掛在一根豎立在小碗裡的棒子上。看起來真是令人不忍卒睹，但正是因為如此，所以才有效果。

「…………伊繆特……」

這是咒物最一般的稱呼，才不是什麼獨自調查的結果，我只是瞎猜一通而已。這是我第一次看到實物。

（但是我的直覺猜中了。以前在埃及發現過很多〝伊繆特〞，這種咒物毫無疑問與阿努比斯有關。以前我也曾經在壁畫上看過。）

「妳懂得很多喔，繪里世。」

「我只是遇到什麼就盡量記，能記多少就記多少而已。反正我還不到開始健忘的年紀。」

「……是嗎，我是在稱讚妳呢。」

我的諷刺一點效果也沒有，反倒是因為得意忘形而有點口不擇言了。站在千歲的角度，不但找不到敵人，《聖杯》的異常狀況反而愈來愈嚴重，一點解決辦法也沒有，現在的情況有如看著一條棉布慢慢勒緊自己的脖子一樣。有些問題就算有再多的人才，但只要市民離心的話，要處理起來就很困難。看到她落寞的側臉，讓我忍不住軟下心來。

「關於小春的事情……謝謝妳，千歲。」

我自然而然吐露的感謝話語讓千歲睜大了眼睛，就連我自己都嚇一跳，我竟然能夠這麼直率地向她道謝。但我確實是打從心裡感謝她。

如果小春都甘願接受自己身為人造生命體的命運，那麼有立場救她的人就只有千歲而已了。

千歲的眼眸露出促狹的精光，接著突然就恢復魔術師慣常的冷酷表情。

「哼，妳看上她了嗎？要是想要萊登佛斯的話，我就把她給妳好了。她的老師那邊就由我來說。」

「…………！」

千歲這令人料想不到的提案讓我倒吸了一口氣。她怎麼這麼輕易就能這樣說。

「……既然這樣，那就讓她成為自由市民。」

「這件事辦不到，因為她可是一名自傲的劍鬥士。她自己也不希望這樣。不過如果對妳的目的有幫助，妳就把她拿去用吧。」

「…………」

心裡一陣不甘讓我咬緊牙關。千歲的語氣聽起來，彷彿小春只是我過去多次做出貢獻而給我的獎賞一般。比起在這座島上當一隻籠中鳥，千歲的提案確實更能讓小春發揮實力。可是——

「這不是我和千歲兩個人就能決定的事。」

我忍不住大聲了起來。在海岸線那邊玩耍的卡琳等人也回過頭來看。

「這件事是我開始的，所以我要負責到最後。一百個人就有一百種不同的幸福。我的義務就是保護這座城市，並且提供人們實現自我幸福的方法。要是妳把選擇的自由和自私自利搞混的話，我可是會處罰妳的。」

「………千歲……」

我本想嚴詞反駁，但還是在最後一刻又嚥下去。

因為千歲不是基於眾人的希望才戴上桂冠的領導者。她是歷史上處處可見的獨裁者、具有絕對強大暴力的僭主——也就是一名暴君。

（而且……在她眼裡根本把小春視為和從者沒兩樣的利用手段。這個人恐怕一輩子都不了解卡琳是為什麼而流淚吧。）

可是不知道為什麼，我交涉的對象現在的心情奇佳。當然不會是因為這片湛藍海水的關係。

這麼有利的提案確實讓我始料未及，但我認為這也是唯一的機會。

（既然這樣，我就不應該拿毫無意義的堅持來逃避。）

「好吧……那妳就告訴萊登佛斯家，在她治療完成之前，小春暫時交給我照顧。順便告訴他們，小春才不是破損的次級品。」

「好，我知道了——把手伸出來。放心，我不會設什麼奇怪的東西。」

千歲的手背上浮現出尖銳的十字架型令咒。隨著一小節魔術詠唱，她把一道魔術形式的契約證明轉讓給我。雖然這只是形式上的東西，沒辦法代表我具有人工生命體個體的所有權，但還是能派上用場。

「我先向妳說一聲，我在《新宿》和瑪琪見過面了……就這樣。」

「這樣啊……妳見了瑪琪。是在冰室的店見面的嗎？」

「對。妳究竟讓那個人在結界外面做什麼？是妳要她去的吧？」

「妳介入太深了，繪里世……要是我說環境調查，妳應該也不會相信吧。瑪琪和我彼此協助，她以前是《東京》的夜巡者，而她做的事情一半也是出於她本身的希望。」

「……東京？」

「…………」

千歲突然不說話了。又是這個名詞，每次聽到有人說這個名詞，我的內心就會掀起一陣漣漪。看到我不知該做何反應，千歲一瞬間對我露出無力的微笑，那個表情彷彿隨時都會滴下淚來。我下意識地摸摸自己的耳朵。

「……妳怎麼了，千歲？」

千歲把臉撇開，目光投向遠方的海浪，結束我們之間的對話。

「帶著**小春**走吧，離開這座島。趁我還沒改變心意的時候——妳應該知道怎麼和瓦倫提諾公爵……和波吉亞兄妹聯絡吧？」

■ 13

離島之後，我們一行人又再度回到《新宿》。

船隻在城西最下層的水路、淀橋街區的地下靠岸。

這裡是為了船運而建造的轉運港，通稱叫做〃面影橋〃。支撐整座城市的巨柱在昏暗的海面上林立。航道就位在鐵路正下方，有好幾艘往來於其他城市的貨船正停泊在港邊。這裡正是支持我們日常生活的重要生命線。

搭船的時候會經過結界效力比較弱的地方，那時我還稍微緊張了一下。明明我都要離開結界到外面去了，光是這樣竟然就感到害怕。可見對未知領域的恐懼早已經深深埋在心中。

我們一靠近城市就接收到原本在島上收不到的訊息通知。那是琉璃姬發給我的訊息。內容是報告她**第一份工作**的始末。

《秋葉原》也發生違法召喚相關的事件，琉璃姬第一時間便被派去處理。聽說有一對沒有小孩的夫婦失去了原本愛惜如子的從者，其中一人自殺未遂，傷勢嚴重。而另一半與其從者竟然去攻擊害他們失去從者的人。

聽說琉璃姬順利解決案件，她沒有把失控的從者殲滅，自己也沒有受到什麼嚴重的傷勢。這件事本身就已經很了不起了，牛若丸先前說的話也所言非虛。雖然不確定自己用的措辭恰不恰當，但我還是寫了一封回信，表示打從心底感謝。

但是今後案件數目還會繼續增加。只要牽扯到人們永無止境的慾望，事情就沒有了結的一天。要是能夠像偵探劇那樣，只要抓到犯人送入監牢裡就能一勞永逸的話，不知道該有多好。人們在接二連三的痛苦中，內心的欲望只會愈來愈膨脹，然後把周圍的人事物都一一捲入。

過去我自己經手的案件當中也有這樣的事件。犯人因為太過異常，原本應該要殺掉的。但是在經過一場激戰好不容易抓到人後，我選擇留對方一命，希望他改過自新。可是犯人之後成功逃亡，結果導致更多人犧牲的慘劇。在那之後我動手也不再留情。

一想到今後琉璃姬與牛若丸可能會經歷的煩惱，我胸口還是感到一陣心痛。

我們搭乘長長的電扶梯前往城市上層，這時候小春說道：

「繪里世同學，有一件事要拜託妳。無論今後萊登佛斯家有什麼動作，我還是想回去一趟。可否請妳允許我回去呢？」

「等一下，小春……別說什麼允許不允許的……」

——與千歲交涉過後，我也把小春立場上發生的變化告訴她本人。

小春大吃一驚，之後愣了好一陣子。但我和卡琳要離開的時候，她一句怨言也沒說，跟著一起來。即便自己的命運發生這麼大的變化，她還是完全逆來順受，真是太過聽話了。

「……如果要我老實說的話，我不希望小春再回去那個家……我認為太危險了。不過有很大的原因是因為我還是不信任萊登佛斯家。」

「……既然繪里世同學不同意的話……」

「可、可是我沒有說不行。為了預防萬一，可以告訴我為什麼妳想回去嗎？」

「我想去圖書館查一些資料。而且……還得向我的老師告假，然後表達感謝之意。」

（他先前還想把妳處理掉，有必要對他這麼禮數備至嗎！）

最糟糕的情況，小春的令咒或許還有可能會被搶走……雖然始終懷著這樣的不安，另一方面我也發現自己同樣把小春當成自己的物品看待，不禁懊悔起來。這樣我和千歲、萊登佛斯那群魔術師又有什麼差別！

在我猶豫不決的時候，卡琳出手幫了我一把。

「繪里里，要不要我也一起去好了？去那個小春春口中的家。」

「咦？妳要去嗎……」

「妳在《新宿》不是還有事要辦嗎？小春春也是，我跟去無所謂吧？」

「妳是說真的嗎!?」

「喔～～原來還有這個法子。」

如果是卡琳一個人去可能還不行，但有鬼女紅葉一起同行的話，卡琳受到魔術師的精神誘導而被說服的危險性也會低很多。讓卡琳去一個我自己也沒去過的地方是有點不放心，或許還會給小春添麻煩。可是另一方面我也算到卡琳去的話，萊登佛斯家的人對一般人或許反而不好下手。

「如果繪里世同學不介意的話……我想去調查一下，看能不能查到關於現在冬木或是馬賽克市外界狀況的情報。而且……也想請妳讓我好好整理一下心情。」

「………」

我還沒從小春口中真正聽到她願意和我們一同前往冬木的決心。但她現在表達出積極正面的態度，光是這樣我就已經很感激了。

「好吧，小春。為了預防萬一，我們先把魔術回路連接在一起吧。」

「……這樣好嗎？啊，而且要是沒有萊登佛斯宗家的許可，要和我的回路連接恐怕有困難——」

「這是為了預防有人追蹤或是竊聽才會阻隔起來的對吧？不要緊的，千歲已經把契約給我保管，現在我也有權限了。」

只要利用魔術回路，就算是像安全屋那樣會阻隔電波訊號的地方，我們也可以互相聯絡。可是因為屬於深度連接，要是某一方受到咒術汙染的話，就有可能會傳染給另一方。過去我也只有幾次和工作上的夥伴在短期間之內互相連接過而已。

「還是說妳不願意和我連接嗎？」

「怎麼會不願意……這是我第一次，所以有點驚訝……可是我很高興。」

為了這種小事就雙頰緋紅，小春這樣的反應看起來真是單純可愛，就連我都忍不住害臊了起來。可是卡琳立刻就用白眼瞪著我們。

「喂喂喂，怎麼又你儂我儂起來了？妳們也差不多一點吧，都沒人為我想一想，這麼近距離就有一股雌性費洛蒙的氣味衝過來……」

「卡琳妳好吵，我們在講正經事。」

「哈哈，總之妳自己小心啦，繪里里。」

卡琳在我的肩上用力拍了幾下。

小春把她髮箍上的魔術禮裝與我瀏海上的禮裝接觸，把魔術回路連接調整完畢之後，轉向Voyager對他說道：

「我也要拜託Voyager。繪里世同學雖然厲害，但有些事情應該還是只有你才能辦到，因為你是繪里世同學的從者啊。」

「嗯。」

Voyager一臉嚴肅地頷首應道。

可是小春——這其實也是妳對加拉哈德抱持的期待啊。

「對了，卡琳同學。」

「嗯？」

小春向卡琳問道。

「先前那時候，妳在海灘原本想問聖痕什麼事呢？就是後來被來電打斷，後來沒有提到的那時候。」

「妳是說繪里里的奶奶嗎？啊啊，那件事啊。她那時候雖然穿著泳裝，但是我一直在想她平常穿的那套栗紅色……酒紅色的水手服是在哪裡買的。我在《澀谷》

從來沒看過，所以想說要是下次還要來《新宿》的話，我也想穿穿看。」

「原、原來是這件事啊……既然是聖痕穿的衣服，想當然耳應該是一種禮裝吧……」

「這種事只有卡琳會好奇。我記得那套水手服好像是找《新宿》的紳士服裁縫師特別定製的……」

＊

我和兩人分開之後，獨自前往茶室麗人座會館。

今天我想要見的人不是冰室・卡蓮——而是那位女夜巡者瑪琪。

因為職業的關係，我還滿會找人的。上次離開茶館的時候，我偷偷看到員工輪值表上寫有疑似是瑪琪的名字。

（可是瑪琪在茶室做什麼……？像安妮・奧克雷一樣當保鑣……？算了，實際去看看應該就知道了吧。）

可是有一件事令我很在意。我能夠接受瑪琪是冰室店裡的相關人員，可是朽目為什麼會毫無防備地出現在離冰室店鋪那麼近、輕易就會被逮到的地方。唯獨這件事讓我始終掛在心上……

我坐在路面電車上，一一回想起我們之前在船上的對話。

小春強力主張，認為既然我們要合作一起行動，就必須得清楚掌握彼此的戰力。如果無法指望 Voyager 參加戰鬥的話，那我們就更要了解彼此。

她說的一點都沒錯。小春的提案就是一個打過團體戰的選手會有的想法。信奉祕密主義的魔術師壓根兒不會有這種念頭。而我自己也太過習慣一個人單打獨鬥了。

卡琳也在她能力所及的範圍和我們一起討論，毫不客氣地展現她身為新人類的經驗。如果是正式的契約主，某種程度上都會得到有關自己從者特性的知識。聽說有時候《聖杯》還會提供定量數值化的戰力評估。

我重新深刻體會到，從前我只是一心幻想著擁有從者是什麼感覺，對從者其實根本一無所知。在小春與卡蓮看來不值一提的小事，對我而言都是第一次的經驗，必須慢慢探索學習。我擅長的領域完全只是從者身為英靈的過往與弱點，要怎麼戰鬥才能制敵機先的情報而已……

就在我思考的時候，我又回到兩天前剛來過的麗人館會館。

現在時近黃昏，店內客人也開始多了起來。一如所料，冰室人不在店裡。

我們才踏進店門，那些女侍就好像等了很久似的，立刻把 Voyager 團團包圍起來。他受歡迎的程度真是讓我無言，我想當事者應該還不知所以然吧。

「妳們是情婦嗎……還是少女呢？」

……Voyager 竟然對那些女侍問出一個聽了讓人嚇出心臟病的問題，讓那些女侍更是喧鬧起來，就彷彿是庭院裡綻放的無數薔薇花朵。

「妳們給我差不多一點，別再閒聊了！快回去做各自的事情！」

就在我臉色蒼白，鄭重婉拒女侍想要餵食 Voyager 的建議時，有個人出現在店內大聲咆哮，那個人正是瑪琪。她果然在這裡。

女侍們縮起脖子，立刻鳥獸散了。離開的時候嘴巴還念念有詞，說什麼沒辦法違抗經理、經理是至高無上的神之類的。

人群散去之後只剩下我和 Voyager，瑪琪一看到我們便愣了一下。而我看到她出乎意料的打扮，也是一愣。和先前一襲男性西裝的模樣完全不同，瑪琪身上正穿著圍裙與頭飾，完全就是一身女侍風格裝扮。一頭長髮束在後腦勺。

「經理……妳不是女侍，而是經理嗎……？」

我忍不住衝口這麼問道。瑪琪好像覺得很尷尬，皺起眉頭來。

「不，這個是……因為人手不足……迫於無奈才會……」

「妳穿起來很好看啊。這不是嘲諷，我是真的覺得很好看。」

「嗚……混帳冰室……我才剛回來就叫人做這做那的……」

瑪琪本人一直強調自己不是女侍，單純只是外場工作人員而已。她向我說明，因為想要成為女侍的人大多都很有自己的個性，為了管理店內的秩序，所以店老闆冰室才會派她擔任經理，應該說她是被半強迫的。

「——這些事就別提了。倒是你，Voyager。這裡不是像你這樣的小孩子能來的地方。還有繪里世也是……妳應該不是來應徵打工的吧。好，我們換個場子說話吧，店裡閒雜人等太多了。」

瑪琪也沒換衣服，穿著女侍服直接把我們帶到不遠處的一間叫做『Capy』的喫茶店。店內空間很大，用不著太顧慮隔壁座位的客人。可是我感覺得出來，瑪琪還是沒有放鬆戒心，隨時在注意四周。

「——妳這個人腦袋到底是怎麼長的。我都講那麼白了，要是一般人哪會再來啊。我也真是太大意了……如果妳是要問聖骸布的話，我可不會給妳喔。」

「我對聖骸布已經沒有期待了。不說那個——我有很多事要向妳請教，妳是我的前輩不是嗎？」

「…………唉……」

我這次來的時間點正好，看樣子應該不需要另外找藉口來拖住她了。

瑪琪心不甘情不願地坐在對面的椅子上。感覺她好像下一秒就會從口袋裡掏菸出來抽，可是實際上她拿的是葡萄柚果汁。我們一進店裡，她就隨便幫我和Voyager點了東西。結果來的是一種好像介於冷擔擔麵與空心義大利麵的奇怪料理。

「——首先是朽目的事情，現在怎麼樣了？」

「我很想告訴妳那件事機密事項，直接去問冰室……不過從結論來說，很遺憾朽目這個人沒有問題。真是白忙一場。」

「從他身上什麼都查不出來嗎……？」

雖然理性上明明知道他絕對有問題，但我還是發現聽到這件事，自己竟然覺得很高興。

「嗯，我本來懷疑他是不是提供我們假情報，實際上在協助〝劫掠令咒〞……可是很多地方都留有畫面紀錄，可以當做他的不在場證明。他說自己的舉動看起來那麼奇怪，是在查看街頭演奏的適當地點……我當然不相信這種鬼話，但也沒辦法再把他拘留下去，所以才會無罪釋放。再說原本我們之間的情報往來也只是我個人和他私下交涉而已……到頭來只是我把錢平白無故送給一個賺小錢的小賊而已。這就是最後的結論，可是我還是會繼續盯著他。」

「……這麼說來，競技場發生攻擊事件的時候，他也有不在場證明嗎？」

「嗯？那件事我也確認過了。他留有紀錄，當天人正在《新宿》……繪里世，為什麼妳會認為當時他人在競技場所在的《秋葉原》？妳從別的路徑有得到什麼情報嗎？」

我不是自己親眼看到他，只是卡琳說覺得他好像有在那裡而已，所以沒辦法證明什麼。

「不是，對不起，也算不上是什麼情報。這樣啊……對了，那個人、朽目先生的從者呢？」

「那傢伙沒有從者，打從我第一次見到他的時候一直都沒有。」

「咦……沒有從者？可是他身上應該確實有契約主才有的令咒啊。」

「是因為〝召喚障礙〟，繪里世。如果妳幹過夜巡者的話，應該也知道才對。那種對人生沒有任何希望、對活著沒什麼動機的市民，有時候會沒辦法召喚從者。或者就算召喚了，從者也沒有顯現。」

「……這我知道。雖然人數不多，但是有一定比例的人會有召喚障礙。可是……也有可能是他把自己的從者藏起來——」

「不，他真的沒有。我已經確認過了。那傢伙是個〝失離御主〞。」

瑪琪語氣很堅定地這麼斷定。這種事以魔術層面來說應該很難判斷，可是她的語氣中卻充滿自信。〝失離御主〞這句黑話我是第一次聽到，應該是類似她開的一句玩笑話吧。

綜合柘目的所有情報，實在很難說他只是一個普通的街頭藝人，完全沒有任何可疑之處。不過原本我還開始懷疑他會不會和阿努比斯等人有牽連，這樣的疑心現在已經迅速消逝了。

（就算他不是什麼好人……至少我不用告訴卡琳壞消息了……）

就在我鬆了一口氣的時候，坐在隔壁的 Voyager 把店裡打量了一遍之後開口說道：

「妳拷問過他了嗎，瑪琪？」

Voyager 突如其來的問題，讓我和瑪琪都傻了一下。上次他也很關心瑪琪有沒有折磨柘目，看起來他好像還滿喜歡身為音樂家的柘目，和我的看法相左。瑪琪皺起表情回答道：

「沒、沒有。我沒有拷問他，只是審問而已。不過……這個……我是有稍微用點手段啦……有注意避免留下傷痕啊……嗯？」

瑪琪有些語無倫次。然後她忽然凝視著少年，伸手觸碰他握著叉子的小手，反覆確認他手的觸感。

「瑪琪小姐……妳在做什麼？我、我的從者……他怎麼樣——」

「Voyager，你……沒有辦法變成靈體嗎？」

聽到瑪琪的指摘，少年很老實地點點頭。

「嗯。」

「Voyager，你怎麼……」

這件事是我們的**弱點**，如果瑪琪是敵人的話，萬萬不能讓她知道。

在這種情況下，瑪琪竟然還能一眼識破 Voyager 沒辦法變成靈體，我應該要多留心的。可是這時候我感到自己身為御主的顏面受到羞辱，臉上熱了起來。這種坐立難安的感覺我是第一次體會，很不習慣。

「……妳說得沒錯，Voyager 他什麼都不會。他不懂得怎麼變成靈體，甚至也不會心電感應對話。對一般從者而言應該是常識的事情他一樣都不懂。」

「妳好過分喔，繪里世。哪有妳說的那樣。」

Voyager 鼓起臉頰，大聲抗議。雖然他先前的確讓恩桑比打了退堂鼓，可是就連這件事到現在也還不知道是什麼原因。

「……繪里世，妳不要怪他。」

瑪琪對周圍更加小心注意，壓低聲音說道：

「他不能變成靈體，我想原因應該是出在妳這個御主身上。妳下意識間讓邪靈化成實體的靈障，對 Voyager 也造成影響。」

「是我……是我的問題嗎？因為我的詛咒……？」

這次輪到我憤慨起來了。

「——不對，不可能是我。不是我的問題。因為 Voyager 原本是機械，他不是人類，也不是生物。是他本身不適合變成靈體的關係。」

「繪里世……我對那麼多英靈的事情也沒有很深入了解。可是並不是所有從者原本都是人類啊。那是怎麼說的……無論是人類、動物還是機械，只要留下偉大的功績就能脫離輪迴，昇華為英靈。這是我以前認識的魔術師告訴過我的。不分動物、人類或是機械裝置。而且神話中的人物雖然是人形，但他們也算不上是有血有肉的生物。」

「…………妳說得沒錯……」

「我知道的就只有這麼多。就算知道他無法變成靈體的原因，可是具體來說是什麼機制造成的影響……我肚子裡的墨水不夠多，沒辦法解釋清楚。只是出於直覺。」

「…………」

今天的瑪琪出奇地好說話，和上次見到她時那拒人於千里之外的態度完全不一樣。難道是因為她暫時卸下夜巡者工作的關係嗎？

（或者說她在執行夜巡者工作的時候情緒一直很緊繃，現在這樣善體人意的性格才是真正的她嗎……不然的話，冰室也不會找她擔任店鋪的經理……）

看到我沉默不語，Voyager 似乎若有所思，窺視著我的表情。

「不能變成靈體，也沒那麼糟啊。我可以睡好覺，還可以打赤腳用腳趾摳摳海邊的沙子。反而是好事呢。」

「……好事……？」

聽他這樣說，讓我一股火氣衝上來。先前當小春說想要調查雙方戰力的時候，我內心裡那股模糊的焦躁這時候又衝上心頭。

「既然你這樣說，Voyager，那你到底會什麼？你該不會是故意要整我吧？其實這些事情你都會，只是瞞著我嗎？」

「……妳才是什麼事情都不告訴我。妳認為說出來會讓我受傷難過嗎？還是說妳害怕我會討厭妳嗎？」

「……什……什麼…………」

這小子講話怎麼這樣沒大沒小，完全沒想到他竟然是這樣的人。而且他竟然還繼續趁勝追擊。

「而且我覺得妳吃任何東西，香料都灑太多了。連下面的食物都蓋住看不到了。」

「這是我個人口味的問題吧！怎麼不說你自己，還討那些女侍的歡心要點心，未免太貪吃了吧。丟臉的可是我耶。」

「我才沒有，繪里世有什麼好害臊的？這太奇怪了吧？」

「哪裡奇怪？」

「欸，你們兩個……繪里世……Voyager……」

我一陣氣頭上來，也不理會慌張的瑪琪，把 Voyager 的圍巾拉起來罩住他的臉。等到 Voyager 拉下來，露出一張氣鼓鼓的小臉的時候，我又把圍巾拉起來。

「欸，別鬧了，你們兩個別鬧了。拜託你們不要吵架。」

已經沒了氣勢的瑪琪站起身來把我的頭推開，好像保護 Voyager 似地出手要我們停止吵架。

瑪琪深深嘆一口氣，又坐回椅子上，然後嚴肅地向我問道：

「繪里世，妳是不是想去冬木？」

「……這件事我先前沒和冰室說過，妳怎麼知道？」

「冰室雖然很懂得怎麼裝傻，但她不是傻瓜。妳以為從以前到現在，她觀察過幾萬人了？她只是懶得一一反應而已。總而言之，妳今天是來向我打聽冬木的事情對吧？」

我老實點頭，甚至還有些許期待。可是瑪琪口中說出來的卻是我萬萬料想不到的宣告。

「首先我有件事必須要告訴妳。宇津見繪里世，妳的體質天生沒辦法走出馬賽克市的結界。只要離開結界──不出幾天妳就會死。」

（**只要離開馬賽克市，我就會死**──我會沒命？）

事出突然，我一時之間沒辦法體會這句話的嚴重性。

我當然沒辦法照單全收，完全相信這句話。

魔術師的一言一行都會流露出他們各自獨特的價值觀。我自認自己對這樣的個人差異很敏感。

雖然只見面過兩次，但我自己也稍微分析過瑪琪這個人，依照夜巡者工作上的要領對她做過側寫。

瑪琪外表看起來大約二十多歲，可是從她的經歷來看，應該是四、五十歲上下，或許更年輕一點。這麼說來，代表她年紀輕輕就已經吃過不少苦了。很多從者只是外表年輕，但其實已經是完全看破世事的老者。瑪琪並不是這種人。

從她先前逮捕朽目的身手來看，她雖然有經過鍛鍊，但無論是體格或是技術，看起來都不算多麼優秀。

（想要奪取聖骸布的話，或許可行……）

有短短的一瞬間，我的內心浮現出這樣的誘惑衝動。

（……可是她是在那個冬木之地活下來的人。應該是利用以前當過聖杯戰爭難民的經驗，進行外部調查。要是這樣的話，她的自虐程度一點都不輸我。外頭可是真正的活地獄，一般平民百姓根本沒辦法生存。冰室之前說過，她具有某種可以迴避危險的特殊能力……）

更重要的是，如果她是馬賽克市民，那應該會有從者傍身。先前從她的行為舉止來看，也像有從者在身邊。我不能輕舉妄動。

根據冰室的說法，瑪琪是不屬於特定組織的自由魔術使用者。從她的態度來看，確實和那些真正的魔術師不一樣。要是想隱藏在一般社會裡生活的話，行為舉止就得懂得臨機應變。可是瑪琪看起來也沒那麼機靈。她學習魔術應該不是出於探究心，單純只是為了生存所需才學的吧。

她身上那種嚴厲的氣勢，流露出一種類似曾在戰場上出生入死過的傭兵才有的覺悟。可是在此同時，奇蹟的是在她身上竟然還留有一般平民才有的感性。

——心地善良的鄰家大姊姊、二流的魔術使用者。

這就是我對瑪琪的評價。可是還是有些問題令人不解。瑪琪和我的雙親好像很親近，但我怎麼完全不記得她這號人物？在查清楚原因之前，我對她這個人以及她說的話都不會相信。

「妳要認定我在威脅妳，那也無所謂。如果妳想為了自己的冒險心送命的話，就儘管去。我和千歲都不會阻止妳。總之這樣妳應該明白，為什麼我覺得告訴妳冬木的事情只是浪費時間而已——好了，我也不能蹺班太久。」

瑪琪打算離開喫茶店，但真正重要的事情我還沒問。之所以問不出口是因為……我很害怕。在我內心深處，一直吶喊著如果能不知道就好了。但是——

「妳……又要扔下我……自己離開了嗎……」

這句低語有一部分只是我虛張聲勢。可是一聽到這句話，原本想要起身離開的瑪琪當下就有了反應。

「繪里世……妳的記憶恢復了嗎……」

「……**曾經有人對我的記憶動過手腳對吧？**是誰？是千歲嗎？或者是──阿努比斯？」

「我……我對阿努比斯幾乎一無所知，只知道他是聖痕的老對手。雖然我有在保持警戒，可是馬賽克市太大。這已經超出我能處理的範圍了。」

瑪琪用一種懷念的眼神看向 Voyager。她的目光所及之處就是 Voyager 掛在脖子上的護目鏡。

「……從前我在**外頭**的廢墟流浪當難民的時候，就是宇津見和那美找我來馬賽克市的。那時候馬賽克市還是最初期階段，城市才開始建立沒多久。我對宇津見和那美的感謝用任何言語都無法表達，他們是我的大恩人。這已經是很久之前的往事了，那時候妳根本還沒出生。」

「我出生之前的……爸爸和媽媽？」

「嗯。」

瑪琪一直在注意我的反應。

「妳……記憶原來還沒恢復，只是在裝樣子而已啊。可是……應該也快差不多了。妳已經不是小孩子了。」

「……妳不告訴我，我就不離開妳，還會想盡辦法妨礙妳的工作。」

「哈哈……妳老是在給我添麻煩。妳應該還記不起父母的事情對吧，所以認為孩提時代是在《新宿》度過。妳的確是在《新宿》出生的，就在千歲居住的那個老家裡。」

（不是在醫院……為什麼？）

「——可是妳想錯了，《新宿》是第二座城市。馬賽克市最初建造的城市是《東京》。如今已經是沒有人居住，禁止進入而且還淹在水裡的廢墟……被人稱呼為地府《東京》。宇津見、那美和剛出生的妳就是在那座城市生活，那座變成廢墟之前的《東京》。」

「地府……《東京》……？」

我的內心一陣激盪。說實在的，我很想立刻拔腿就跑，逃離這裡，但更害怕自己就這樣永遠什麼都不知道。

「妳的記憶被人加蓋。要是不一直把《東京》放在心上的話，很快就會又忘記。因為感覺不舒服，所以妳一直在逃避。要是和妳比較親近的人，恐怕早就已經發現妳的這個習慣了。」

「瑪琪小姐，那麼我會不記得妳，也是因為這個原因嗎？妳以前不是當過《東京》的夜巡者嗎？所以我才不記得妳嗎？」

「……真不應該跟妳說這麼多的。」

瑪琪不再多說，毅然決然起身離席。臉上的表情也迅速冷漠下來，那張臉龐又罩上夜巡者的面具。老實說……我覺得鬆了一口氣。

最後她淡淡地對我說道：

「這樣不是很好嗎，繪里世……妳也擁有從者了。Voyager，繪里世就拜託你多照顧了。」

「嗯，我會一直和她在一起——掰，瑪琪。」

少年點頭回應，照著某次人家道別的招呼有樣學樣，瑪琪臉上露出苦澀的笑容。

＊

小春和卡琳自從離開之後就沒有任何消息。

我確定我們分開之後，她們是去了《秋葉原》沒錯，可是連書面訊息的回信都沒有。就連剛和小春連接好的魔術回路也斷訊。根據以往的經驗，完全看得出萊登佛斯家奉行祕密主義。那麼就算她們音訊全無，也不一定是什麼危險的徵兆。雖然我內心多少有些惶惶不安，但現在還不能隨便輕舉妄動。如果這時候硬要聯絡，讓萊登佛斯家留下我們一行人內神通外鬼的印象就不好了。

我試著和醫療局的斯諾醫生聯繫。

之所以聯絡他，是期待阿努比斯一行人有沒有什麼動作。

接電話的是斯諾醫生的御主，結果還是沒能和醫生本人說上話。他的御主我也曾經見過，是一位留著短髮，感覺很俐落的女性護理師。根據她的說法，斯諾醫生現在忙得不可開交，所有私人案件都徹底放下，沒有處理。

對方很抱歉地低頭向我道歉。或許是因為斯諾醫生活動起來太過精力旺盛的關係，這一對主從總給我雙方立場顛倒的感覺。

雖然沒能和醫生說到話，但我還是得到情報，說召喚障礙的事件是發生在《新宿》的中心地區。她還私下把發現咒物〝伊繆特〞的地點的相關資料告訴了我。這是一大收穫。

「那個……冒昧請問一件事……」

我忽然心血來潮，問了她關於《東京》的事情。對方愣了一下，告訴我那裡現在還是一片廢墟，沒有人跡，和之前沒有什麼變化。我聽不出來她說話的時候有什麼隱瞞。

——黑夜再度降臨《新宿》。

我和Voyager一起走在路面電車往來的高架橋一旁的人行道上。我不時在不同的地點停下腳步，查看禮裝APP的魔力計，或是旁聽當局的通訊。把以前當夜巡者的習慣動作都做一遍。

這是一個平凡的夜晚，適度的嘈雜喧鬧、適度的混亂與暴力。那些經歷過戰亂時代的大人，深知城市的生活是多麼容易毀於一旦，但仍然眷戀著這樣的生活。

大眾劇場的三角形屋頂上，亮紅的風車扇葉緩緩轉動。這是角筈最知名的活動霓虹燈。今天晚上風有點大，吹起來還有些寒意。Voyager 一邊按著快被吹跑的圍巾，一邊低聲說道：

「——那個人感覺好像繪里世的媽媽喔。」

「媽媽……？」

他指的人好像是瑪琪。比姊姊又升了一級。

「……你是太空探測船，知道什麼是媽媽嗎？」

「妳這樣說很奇怪耶，我當然知道！媽媽就像是大海一樣的人。」

「喔，大海啊……大海嗎？我想像不出來。」

「會嗎？可是秋葉原四周都是大海耶。」

代替媽媽撫養我的人是祖母千歲，如果她像大海的話，那就是凍成一片雪白的北冰洋了。只是看起來美麗又冷冽而已，從她身上找不到任何溫暖。

「……那爸爸呢？爸爸就不是海洋，而是天空嗎？」

「嗯……就有點難了？因為有好幾個人都可以稱作是我的爸爸，那些人各自都有不同的夢想。」

「那是夢想嗎？應該是政治與野心吧。NASA的科學家、技術人員、程式設計師，還有遭到暗殺的總統……他們就是你的爸爸？」

「嗯，對啊。我還有很多朋友，他們都會和我說話喔。」

經過這幾天，Voyager 給人的感覺又有些不一樣。不只是能夠清楚表達自己的意見，好像還變得稍微成熟了一點。每次一談到舊世界，他的時間就會流動，慢慢追上我們。可是當我有這種感覺的時候，他又會做出一些幼稚的事。

他忽然輕身一躍，坐在人行道旁的欄杆上。欄杆的另一頭是隔壁城鎮，高低落差大概有兩棟大樓那麼高。

「這樣很危險，快下來。」

「呵呵，那些對我很好的人現在都已經不在了，真是不可思議呢。」

「……欸……」

他根本不聽話，無奈之下我只好扶著他一隻手走路。每次摸到他，他纖瘦的身軀都會讓我感到驚訝。

原本他的機體上裝載的是僅僅只有七十 Kb 記憶體容量的電腦、連一百萬畫素都不到的簡單數位相機，還有利用愛迪生效果的一百六十瓦原子電池。從現代的角度來看，航海家號的機械規格實在不值一提，可是就連他都記得自己的生身父母是誰。

「……嗯，那 Voyager，你的母親又是誰？那個就像大海一樣的人曾經待在你身邊嗎？我沒有看過這樣的紀錄耶。」

「…………」

Voyager 沒有回答我這個很單純的疑問，他只是回給我一個惡作劇般的笑容。

他這麼說道：

「——繪里世，我們到〝花園〞去嘛。我很想看看妳出生的地方。」

＊

我正在前往花園町，這是我時隔五年又再度回到老家。

這裡就是我幼年時期和千歲一起度過的地方。如果相信瑪琪沒說謊的話，這裡也是我出生的地方。

波吉亞兄妹在《新宿》也很吃得開，原本我是打算住宿在他們的相關旅館。結果還是被 Voyager 拉著手，自然而然地往《新宿》高層區域去。

花園町正如它的名字一樣，是一處公園綠意與庭園花木很茂盛的安靜城市。可是一到夜晚，這座城市的美就會遜色很多。先前火災之後的殘跡還鮮明地遺留在城市的一角。

沿著熟悉的歸途，時隔許久之後我又站在老家的門前。

這是一棟陳舊的獨棟木造房屋。不出所料，家裡沒開燈，千歲也不在家。

這附近一帶都是住宅區，連同與鄰近的愛宕町一起被稱作〝山手〞。雖然沒有豪宅的氣派，但每一棟住宅的院子占地都不小。庭院花木也修剪得很完善，完全感覺不出歲月的痕跡。

「……不進去嗎？」

因為我一直呆站在昏暗的玄關門前，Voyager 出聲催促。

「喔，好。」

我顫巍巍地把手放上嵌著波浪紋玻璃的木製拉門。原本以為玄關的魔術鎖已經換掉，可是拉門卻輕而易舉地向一旁滑去。沒想到千歲這麼不小心，門鎖和鑰匙都和我離家的那時候一樣，沒有更換。

「我……我回來了。」

檜葉材與三合土，熟悉的老家氣味讓我的胸口一緊。擺設在玄關的聖母瑪利亞像與信樂燒花瓶也還放在原處。一切的一切都沒有改變，只是每樣東西都變小了一點。

無人的昏暗家裡只有落地鐘報時的聲音。我以前很喜歡這種聽起來傻乎乎的聲音，也喜歡上發條時那種卡卡的感覺。

「砰～～砰～～」

Voyager 的兩手放在耳後，仔細聆聽。

不管時鐘走了多少刻度，我的身體就是不想往前。雖然眼前的昏暗光景一直引誘我往前走，但我抓緊胸口的衣服，用力甩頭。

「不能回來……我還不能回來。」

就因為那一點點契機，我怎麼就跑到這個地方來呢？

我非常清楚為什麼。

（因為我很想回來，無時無刻都在想著要回來——）

我當場拔腿就跑，也顧不得關門。就和我五年前離家的那一天一樣。

＊

——沿著城鎮的葉子形狀構造體邊緣，有一座帶狀的公園。我腦袋空空，一路往公園跑去。

這處公園能夠俯瞰《新宿》的夜景，我倚靠在公園的鐵欄杆上喘得上氣不接下氣。閃耀著霓虹燈飾的花壇在我的淚眼中糊成一片洋紅色。

少年後來也追著我跑，靜靜站在我身邊說道：

「……對不起，繪里世。」

一陣揚起的風把他的頭髮如同麥穗田一般吹亂。

「都是因為我把妳帶來的關係，沒想到妳這麼不喜歡來。」

「…………不是……」

不是Voyager的錯，我才應該向他道歉才對。我感到一陣氣血翻騰，連耳朵都發熱起來，雙手緊握著扶手。

「…………是我說謊騙了卡琳她們，而且也瞞著你──那傢伙說過了，那頭黑狗，阿努比斯他說會來接我。他說我應該與他們在一起。他真的說了要來迎接我……這麼重要的事，我卻不敢說出口告訴大家。」

「…………那不算說謊啦。妳只是因為太害怕，所以才不敢說不是嗎？」

我們兩人一起看著相同的街道夜景，雖然他出言安慰我，可是我卻更加無地自容。

「不只是這樣。因為……在我內心，我一定很希望他們來迎接我，一直在等待那些人。所以我才會老是不死心，始終在這座城市裡晃來晃去。其實我根本沒有想要幫那些犧牲者報仇，我只是自己搞得一副鄭重其事，還把卡琳與小春都拖下水，就只是想告訴自己我在做正確的事而已！」

「就算不正確也無所謂，妳不用為了誰做什麼事。」

「……嗚……」

我在他身上看見路易的影子。

就是那個曾經問過我為什麼需要情感的那個俊美王子的身影。

Voyager與路易兩人走在完全相反、根本無法相容的道路上。一個是邁向世界盡頭的光輝，另一人則是墜入無底深淵的黑暗。可是他們兩人的側臉卻相似得嚇人。

「——妳也很怕我對不對？繪里世之所以把我當成小孩對待，就是希望我一直當個〝外人〞，當個陌生的人。因為妳討厭自己，所以才希望我好好盯緊妳對吧？」

「對……我好怕。我一點都不想知道真正的自己是什麼人……」

對我而言，從者就是〝答案〞。

我認為從者就是一種不需要太辛苦就能找到的真相。只要和英靈交換契約……只要這樣一個動作就能找到。

真正的答案如天上的星星一般繁多，我認為即便卑賤如自己，只要伸出手就可以找到。

我相信這樣就能知道自己是誰，就能夠在聖杯面前清楚說出自己的願望。也相信我能夠找到只屬於自己的聖杯。

可是少年卻用他那對淡藍色的眼眸不斷問著我。

「其實……我也有那麼一點點怕妳。」

他伸出手，一邊露出寂寥的微笑一邊握住我的手。

「——欸，今晚很適合去散步喔。」

少年的腳尖輕輕在地上一蹬。我沉甸甸的身軀竟然無視重力的存在，輕飄飄地浮了起來。

我直直上升，還在驚疑未定的當下，就被輕易地帶往夜空上去。

花園町的公園、我奪門而出的懷念老家都在眨眼間變得愈來愈小。

「我們飛起來了……Voyager，原來你會飛……！」

「這還需要妳願意相信**魔法**才行啊，繪里世。」

我們頂著強風繼續向上飛舞，我緊抓著他細瘦的手腕。這和用減輕重量的魔術進行自由落體的感覺完全不一樣，看得出來 Voyager 還不太習慣飛行。

「……還會覺得我很可怕嗎……？」

我們的手緊緊交握在一起，我左手的令咒感覺好熱。

「我不喜歡妳怕我。我的確是個小孩子，妳把我當小孩子看待也無可厚非。但我想和妳當朋友，繪里世——我是從很遠很遠的地方，獨自一個人來找妳的喔。來到最孤獨的妳身旁。」

「……Voyager……你什麼都不願意告訴我嗎？不說我做錯了嗎？你是我的從者啊，是我一個人的從者啊……！」

「我會成為**引導妳的指標**——我可以找到星星，告訴妳風吹往何方。可是要往前進的人是妳。」

我們兩人被寒冷的強風吹得上上下下，拚命抓住彼此的手臂抱在一起，以免被強風給吹散。

就在這幾番蹂躪之下，他也一點一點熟悉如何飛行，終於能夠靜下心來，把注意力放在下方那片震撼人心的光彩上。

「——繪里世，我們一起破壞這個世界吧。讓我們一起把妳的世界毀掉。誰也不知道在這片黑夜的彼方有什麼事物，就由妳自己來決定什麼是正確的，先講先贏。所謂的〝戰爭〞就是這麼一回事嘛。」

「由我決定……」

Voyager在我耳邊輕聲說話。他的話語就如同群星閃耀般燦爛。

「對啊——我來讓妳〝拋擺〞。」

我不是只抓著他不放而已。

我發現只要碰觸著他，我就能隨心所欲破風飛翔。

我感覺到每一次每一次我體內的魔力會迸射而出，傳到他身上，讓我有點嚇一跳。

（我的令咒……該不會……!?）

一看之下，我的令咒沒有消耗。可是魔力確實在一點一點流失。

我們沒辦法永無止境地飛下去，待會落地的時候我應該已經累翻了。但那種疲勞感覺很舒服。

我也察覺到，遠離布滿地面的街燈之後，我們竟然離天上的群星這麼靠近。

（拋擺…………）

Voyager身為太空探測器，拋擺正是他的獨門絕活。

他把重力當作彈簧墊，衝向繞著太陽公轉的土星，再用這種方式把土星的速度分過來一小部分，一口氣加速到時速三萬六千公里。

這成為他展開旅程的力量，足夠讓他飛出太陽系之外。

直到現在，他仍然是人類創造的物體中速度最快，旅行距離也最遠，而且仍在持續中。

正在旅途上的他，靈魂不可能存在於這裡……也不該在這裡。

如果這種奇蹟真的能夠發生，那一定有其意義。我們兩人得一起掌握住的命運一定就在不知名的某個地方。

「——妳看，繪里世。我的母親就是這顆星球，就是這顆有著湛藍深海的星星。她這麼龐大又這麼溫暖。可是呢……離開之後，她又變得好小，小到我覺得好悲傷。要是不睜大眼睛看的話，幾乎都快要看不到了。」

我反握住他顫抖的手指。眼下遼闊的《新宿》街道彷彿就像他口中比喻的大海中的珊瑚一般。

——我們兩人就像在夜空中玩耍的彼得潘與溫蒂一樣。

其實我有點感到頭大。

畢竟此時此刻對空監視的警報正在響起，負責偵查的使魔肯定已經往我們這裡來了。

少年的圍巾閃閃發亮，恐怕也已經被抬頭欣賞夜空的人們看到了。

我們真是惹出了大麻煩。

不過也罷，因為這樣的夜晚也不會有第二次了。

上啊，吵個天翻地覆！
不，不要再吵了。
噗——

■ 14

——隔天早上，陽光照進旅館的房間內。

我從聖杯的夢境中醒來。雖然夢境的內容太過駭人，可是不可思議的是我一點都不覺得怪異。只是有一種直覺，就像當初我的手上出現令咒那時候一樣，感覺的終究還是會來。而我手上的令咒此時此刻仍然還是熱熱的，感覺得出來魔力流動的餘韻。

我拿起放在床邊小桌上的情報終端，期待已久的小春終於傳訊息過來了，告訴我要在《新宿》會合。

（對了，還得確認那件事……！）

我在同一臺情報終端的筆記本裡，把昨天與瑪琪談話的內容盡可能詳實記錄了下來。我一邊重新瀏覽筆記，一邊比對和自己記憶的內容有沒有差異。目前感覺記憶內容沒有缺漏，以後有必要定期像這樣檢查一次自己的記憶。

（好了……剛才那場夢應該就是那個吧……會不會就是〃聖杯〃的啟示……）

我向隔壁的單人床瞥了一眼。少年還裹著被單，像隻小狗一樣蜷著身子睡覺。幸好他不像卡琳，睡相好多了。

那場夢毫無疑問就是聖杯戰爭開打的信號。

因為昨晚我和 Voyager 交換魔力，深深聯繫在一起，或許有什麼事物和以前不一樣了——

或許在其他地方又有新的從者召喚出來，但這種可能性應該很低。

稍微搜尋了一下一般新聞與市民等級的討論議題，也沒有搜尋到有人夢到類似啟示的夢境。映入眼簾的反而都是一些看起來令人不安的新聞。現在就連一般市民也已經發現從者召喚障礙這件事。那麼這場夢境果真是特別案例，只發生在我身上而已。

我一邊淋浴熱水，努力想要把夢境中的印象烙印在腦海中。

——在夢境中，一抹有些熟悉的聲音向我說道：

七名從者終於齊聚在戰場上。

其他御主也已經開始備戰，各自都被要求要注意任何危險情況。只要我也以御主的身分為了搶奪聖杯而參戰，那麼我就必須毫不留情地打倒所有敵人，把敵人的性命拿來當作獻給聖杯的祭品。要是有從者擋路，我也必須要全部殺光，一個不留。

夢境中那道聲音也告訴我——Voyager就是顯現在這場新聖杯戰爭中的從者，職階名叫做〝航海家〞。

（等一等……那是真的嗎……）

在過去的聖杯戰爭當中，我從沒聽過有這種職階的從者。難道因為他是馬賽克市中召喚出來的最後一名從者，所以才特地給了Voyager一個新的職階……？會不會因為我聽信了魔女的甜言蜜語，自以為是地一心認為他與其他從者不同，所以曲解了夢境的記憶？

可是我的確很高興自己和Voyager的羈絆能夠加深，沉浸在喜悅當中。我還不以為然地認為有一個不擅長戰鬥的從者也無所謂。這真是滑天下之大稽。

（夢中的那個聲音……雖然沒看到臉……但那聲音……是卡蓮……）

隨著時間分秒過去，我對於啟示也變得愈來愈不那麼確定。莫非千歲過去也曾經做過這種啟示的夢境嗎？

我必須打起十二萬分精神，隨時保持備戰狀態。這座城市到處都是從者與御主，我必須盡可能不讓自己受到日常的先入為主觀念影響。

＊

我和卡琳她們在事先決定的會合地點，新宿御苑內的一處日式甜點店鋪見面。

《新宿》到處都是建築物林立，御苑是面積最大的綠地，一整個街區都是庭園，是一處非常開闊的空間。

卡琳與小春已經來到店門口，就站在一張鋪著紅布，充滿室外茶會風格的長椅旁。看到她們讓我不禁鬆了一口氣。

實際看到小春，我甚至覺得自己是不是太多慮。可是幾天之前她還面臨可能會被處分的險境，現在看到她平安無事真的令人高興。

鬼女紅葉與穿著便服的加拉哈德今天也在，場面有些熱鬧。

「是說……卡琳，妳怎麼這副打扮？」

「很好看吧？這就是摩登女郎風格！摩女！」

卡琳捻起長裙裙襬秀給我看，還執起 Voyager 的手華麗地跳了幾步舞步，彷佛置身舞池當中一般。小春在一旁一臉抱歉地聳聳肩。我一眼就知道，他們在來這裡的半路上好像還特地去了服裝出租店一趟。

加拉哈德已經在長椅上坐下來休息，我向他問道：

「情況怎麼樣，爵士。萊登佛斯家有什麼反應？」

「哼……上演了一齣不錯的好戲。魔術師對外面來的闖入者非常有興趣，因為小春是第一次帶外人回去。他們還說這種自我意識的成長過程相當饒富趣味。」

卡琳一聽加拉哈德說的話就立刻激動地反駁道：

「什麼？你說的闖入者是指我嗎？那個大叔一點都看不出來是那種態度。我可是滿肚子氣，只是在小春面前忍耐著沒表現出來而已。」

「卡琳同學那樣是有忍耐……？」

小春很驚訝地說道。

「是啊！如果可以的話，我真想用炸彈把他們全部都炸上天！」

「請千萬別那麼做，那裡有很多昂貴的機材。」

看到卡琳與小春之間有些牛頭不對馬嘴的對話，我對情況也大概猜到了七八分。

「……我大致明白了。不過你們能平安回來就很好了。也謝謝紅葉妳陪他們一起跑這趟。」

我一邊道謝，一邊用似有若無的動作，詢問紅葉她們身上有沒有被人用魔術掛上追蹤繩、在那邊有沒有其他異狀。我並不是不相信同行的加拉哈德的眼睛與評價，但他依舊是萊登佛斯家召喚的從者。

紅葉靜靜地搖頭。

（……那暫時就可以放心了，之後再找時間慢慢問個清楚。現在我還有更重要的事情要告訴她們。）

這家日式甜點店鋪也有提供正餐，所以我決定在這裡吃晚一點的早餐，而卡琳她們則是要吃早一點的午餐。

就在Voyager與卡琳聊得正開心的時候，我偷偷問小春。

「小春……昨天晚上妳有夢到什麼奇怪的夢嗎？」

「妳是說〝做夢〞嗎？沒有耶……我沒有做過自己的夢境，所以不是很清楚。如果要說唯一做過的夢……」

少女向自己的從者瞥了一眼。

「……妳在夢中體驗過加哈拉德爵士的過去嗎……？」

「是的，我不曉得那個是不是就叫做白日夢……我曾經把加拉哈德還是圓桌騎士的生前，年輕時候的他的人生當做有故事性的影像看過一次。可是那個內容……」

「喔，也對。不經過他的許可，妳也不能擅自告訴我——這沒關係。」

我深深鬆了一口氣。說什麼我都不希望和小春在聖杯戰爭的舞臺上敵對。

這麼說來，卡琳以前也說過她窺視過鬼女紅葉的過去。這讓我回想起我留在房間的那個會讓人做夢的怪怪可愛娃娃。

在日式甜點店鋪吃飯的期間，以及飯後在美麗庭園的一隅，我把從瑪琪那裡打聽到的情報和她們分享。也就是關於柝目被無罪釋放的事情，以及瑪琪與我父母的關係。不過關於我自己記憶被人加蓋的事情則是避而未提（講出來一定會惹出不必要的麻煩）。

雖然技術還不純熟，但 Voyager 已經學會飛行的事情讓她們大吃一驚。雖然我內心覺得感覺還滿得意的，但現在沒空閒慢慢體會。

最後我很果決地向她們坦白。

阿努比斯離去的時候，曾經強力要求我加入他們。也告訴他們這段對話恰好證明了恩桑比先前說我和她的力量性質相同的這件事。

「——瑪琪很肯定地說我在馬賽克市外頭活不了幾天，會危及生命。我想這和我受到惡靈附體的靈障體質一定有關係。」

「……關於繪里世同學的靈障體質，我也只能用猜測的。我認為和我們也不無關係。」

小春很認真地聽完我的告白之後又進一步回答道。她說的〝我們〞也包含卡琳在內。小春雖然是人工生命體，但同時也是心臟裡有聖杯的新人類。

「這是什麼意思？」

「——要是遠離馬賽克市的靈脈，要從《聖杯》獲得魔力也會愈來愈困難。也就是說——」

「……也就是說小紅和加拉哈德都會無法顯現的意思嗎!?」

卡琳先一步想到，小春也點頭表示肯定。

「令咒的功能就是魔力池。但要是令咒的魔力耗盡，沒有人知道從者會變得怎麼樣。有些人或許還可以單獨行動一陣子，最糟糕的情況是從者為了索求魔力，甚至有可能反過來攻擊御主。昨天我回萊登佛斯家，就是為了一邊打聽馬賽克市外界的情報，同時想確認我這樣的推測是否正確。」

「……御主自身擁有多少魔力還是未知數是嗎？」

不消說，小春的令咒還有損傷。

小春的表情比我更加消沉鬱悶，加拉哈德則是一語不發，對她露出冷笑。

我也不管自己是否太過輕率，對他感到一陣怒意。

＊

我們一行人討論一陣子之後，決定轉移陣地，前往《多摩》。

其中一個原因是因為根據戰前的紀錄，冬木是面靠西日本內海的古都，《多摩》距離冬木比較靠近一點。然後另一個原因是馬賽克市的《多摩》被陸地包圍，雖然有堅固的結界，但還是會面臨到來自外界的威脅。我們說不定可以從巡邏城市的民兵或是城市管理ＡＩ那裡得到什麼情報。

無論如何，如果我們不走船運，選擇走陸路的話，《多摩》本來就會是我們旅程的起點。

我們前往中央車站的時候，彷彿對大都會的街景很捨不得似的，刻意挑選一條穿過白天鬧區的路走。這條大馬路取自過去的地名，通稱叫做〝新宿通〞。

路上往來行人很多，紅葉一如往常把身形隱藏起來。小春因為是聖杯淘汰賽中的知名選手，也戴著帽子掩住臉龐。可是反觀加拉哈德，卻是一點都不懂得看場合，完全不遮掩。一身襯衫配牛仔褲的便服模樣到處惹來眾人的目光。

（……多虧有他吸引注意力，不太有人注意到〝死神〞，這倒是幫了我大忙。）

小春也隨他去，沒有要求他變成靈體。正確來說，現在的加拉哈德也只能用那種方式保護小春，勉強現出實體好警告敵人。

我們一行人經過三越百貨公司門前。這裡好像正在舉辦活動，氣氛與平常不太一樣。

玻璃展示窗裡陳列著來自中東或是地中海的骨董，高高的布幔則是妝點著百貨公司的外牆。布幔的平面設計走的是古代遺跡壁畫的風格。

「啊？『現正舉辦大埃及展』……？欸欸，這也太巧了吧。怎麼就在我們正在追蹤埃及神祇的時候。」

「確實，偏偏是在這時候……」

Voyager 的目光被海報裡的照片吸引過去。

「這個東西就叫做木乃伊嗎？」

「哪個？不是喔，這個是有上色的人型木棺。木乃伊就是放在這具木棺裡面。可是這是展示品，裡面是空的。」

「……呃，正確來說這好像是大英博物館收藏品的展示。從前大英博物館把收藏品借出來之後還沒來得及還回去，戰況愈來愈激烈，世界就此互相斷絕。」

「喔，原來你們也一樣回不了家嗎……」

小春也站在 Voyager，專心注視著櫥窗內的展示品。兩人這樣一站，看起來就像是年齡相仿的姊弟一樣。

「原來是這樣的物品啊，我們要不要稍微進去看看？」

「嗯……卡琳妳應該只是還不想把這套衣服換掉，想多穿一下而已吧。啊，等一下。卡琳！」

卡琳也不等我回答，拉著 Voyager 就往百貨公司的門口走。

裡面的展示品都是目錄上看過的知名物品。我也知道其中幾件只是精巧的仿製品，並不是真正的出土物。身為一個博物館愛好者，我是小有興趣，但現在恐怕沒心情好好欣賞。

「唔，裡面還一併設有博物館商店啊。負責這個企劃的人還滿努力的嘛。」

我走進百貨公司高挑的大廳，想要叫住卡琳。

卡琳在電梯廳前回頭看我，忽然睜大了眼睛。

「繪里世……！妳那個……」

——一滴黑色水珠落在我的襯衫胸口上，我的視線變得模糊起來。

我眼窩底部的靈障傷口又裂開，黑色的鮮血順著臉頰滑落。緊跟著是一股令人寒毛直豎的惡寒從背脊竄上來。

（是〝邪靈〞在騷動……！）

我忽然停下腳步，連小春也發現我不對勁，立刻把帽子恢復成髮箍，留神注意周遭的情況。同時卡琳也讓紅葉現出實體。周圍的客人看到我的臉上流下黑血，現場又出現一頭長相異樣的恐龍，所有人都嚇得退避三舍。

「這是陷阱嗎，繪里世？」

「……還不知道。這是怎麼回事……敵人在哪裡……？」

熱鬧的百貨公司裡有非常多顧客，要是這間百貨公司本身就是陷阱，慘劇的發生恐怕難以避免。在我的腦海裡回想起競技場的那場大屠殺。

（敵人攻擊嗎……不，不對。我感覺不出有明顯的殺意，敵人在我們身邊嗎……？）

我不斷四處搜尋張望，終於注意到一名少女的身影。那個女孩身材很嬌小，身上穿著大正摩登女郎風格的淡綠色連身裙。她就蹲在我們剛才經過的寬廣門口旁邊。

女孩手上抱著購物袋，裡面的東西多到快要滿出來。她很努力想要獨自把購物袋抱起來，頭上戴的帽子遮住了她的臉龐。

「──那位小妹妹，妳等一下！」

「……！……咦咦……啊！」

我站在小女孩面前喊她一聲，對方震驚的程度一目了然。她一邊把大量購物袋往懷裡抱，用蹲著的姿勢就想要移動。我一腳踢在她背後的牆上，擋住她的去路。

雖然已經把她逼到死角，但我還是掩飾不住內心的驚訝。

（剛才根本沒發現……這女孩百分之百是從者……難道她用認知阻礙的魔術掩飾自己嗎？不可能，技術太高超了。）

我們一行人明明從她身旁的位置經過，可是不管是我還是小春，沒有一個人發現她的存在，甚至對她一點印象都沒有。連加拉哈德都沒察覺到她。在我的靈障開始蠢動之前，根本沒有人感覺到她的存在。

女孩低著頭，畏畏縮縮地低聲哀求道：

「——那個……請別這樣。我想要回家去……可不可以請妳讓讓……」

「我不會放妳走的。欸，妳看著我。」

（那麼說來——就是寶具了……？）

她如果不是用了某種能夠完全隱藏自身存在的寶具的話，那完全就是神靈大能的領域了。

可是就算真的是神靈的力量，魔力的釋出是藏不住的，照理來說應該還是有辦法可以感應到。就連路易使用的寶具到最後還是被發現了。

明明眾多調查員與從者都睜大了眼睛搜索攻擊競技場的犯人，可是沒想到當事人竟然能夠躲過那麼多人的眼目，躲過人工智能控制的無數防盜攝影機，悠然自得地逛百貨公司！

羞辱感以及憤怒讓我的氣血沸騰，〝邪靈〞呼應我的殺意，沸沸揚揚地在我體內到處亂竄，想要尋找活祭品。

「咿……對不起啦！」

女孩用力推了我一把就想要跑，我當然不會讓她趁心如意。

（——〝長鞭〞，快纏住她！）

我把蠕動的黑色黏液變成長長的〝枝椏〞，讓它急速伸長，緊緊束縛住女孩的手腳。對方立刻往前翻倒。

「啊！」

倒在地上的女孩狼狽地扭動身體想要掙脫，就在這時候——

紅葉發出轟轟巨響跑了過來，讓自己的手腕型態與質量發生劇烈變化，化成〝鬼的手腕〞用力一掃。

女孩子像顆皮球般飛了出去，撞破百貨公司玄關內門的玻璃，用力撞在一根粗大的石柱上。雖然她當場癱倒在地，我還是沒有鬆開〝枝椏〞的束縛。

「大家快退後，她是違法的從者！很危險，這裡不需要各位的協助！」

小春冷靜地大聲說道，要周圍發出尖叫聲的顧客去避難。

一些自恃武勇的從者走上前來想要加入這場突如其來的捕捉行動，可是一看到我的〝魔王枝椏〞之後全都一驚，不敢再走過來。

「繪里里——!?」

「她就是和阿努比斯在一起的女人！她就是……殺害卡蓮的仇人!!」

我向跑到我身後的卡琳與Voyager喊道。

我終於看清那女孩的容貌。沒錯，她確實就是當時穿著民族服裝，站在阿努比斯旁邊的那個女的。淺色長髮綁成兩束辮子垂下，手腳上不對稱地掛著紅銅色的裝飾品。

「討厭啦，討厭。不要這樣，放開我～～」

那女孩一邊發出難堪的呻吟聲，一邊扭動身子。我兩手並用收起鞭子，想把她拖回來。可是——

我感覺手中忽然一鬆，被鞭子捆著滾回我腳尖前的只有那女人的一隻手與一隻腳。

（……什麼……她的手腳斷了？不對，這是義肢！）

留在原地還沒起身的女孩雙眼有著七彩顏色，可是那對細細直直的瞳孔卻散發出詭異的精芒。

下一秒鐘，我踩在腳底下的義肢改變原本屬於人體一部分的型態，露出裡面複雜的機件，變了一個形狀。它掙脫束縛，彷彿像條蛇般捲在我的腳上爬了上來，朝著我的眼球衝過來。

「——！」

就在它尖銳的前端要刺進我的雙眼前一刻，加拉哈德在千鈞一髮之際一把抓住蛇的身軀。

「——這東西……是機械嗎？」

那東西一邊不斷變形讓人無處可抓，又一邊到處逃竄，這次改為攻擊加拉哈德的眼球與喉嚨。加拉哈德把硬是扯下來的鐵蛇往大理石地板砸去。

鏘的一聲，發出一陣清亮的金屬聲。他立即拔出長劍想把鐵蛇砍飛，但鐵蛇一邊濺出火花，一邊扭動著身軀躲開劍鋒的直擊。

（不妙——它就要逃跑了！）

鐵蛇用驚人的靈巧速度爬回那女孩的身邊。

那女孩身形慢慢消散，逐漸轉化為靈體。她手中抓著的購物袋也掉了下來，裡面的東西撒滿一地。可是——

女孩急急忙忙把散落一地的商品撿起來塞回購物袋之後，一邊把袋子抱在胸口一邊逃出建築物外，**卻沒有變成靈體**。

紅葉發出一聲低吼，粗粗的尾巴往那女孩砸過去，卻被她縱身一躍跳了過去。

「——嗄!?她是怎樣？」

那女孩莫名其妙的舉動讓我瞠目結舌，我趕緊拔下一綹頭髮，扔在她手上拿的袋子上。那項禮裝是追蹤用的標記物，變成鉤針的形狀刺在那女孩拿著的實體物品上。就算她變成靈體，只要手上還拿著那項實體物品，我就能追蹤到她的所在位置。

我迅速回頭看了卡琳與小春一眼，確認兩人都沒事，用眼神表達我要繼續追上去的意願。

這時候 Voyager 跑了過來。

「我也要去──」

「不行，你不要靠近我！你就和卡琳與紅葉他們待在一起！」

「……繪里世！」

我沒有理會背後 Voyager 的呼喊聲，用強化過的雙腳當場奔了出去。我的〝枷椏〞可能會傷到 Voyager。

這是千載難逢的機會。運氣好的話，說不定還可以直接逮到她和夥伴會合的場面。

可是這次的意外相遇本身說不定就是陷阱。我一直在懷疑為什麼她會大刺刺出現在人這麼多的地方。可是要想之後再想。

有一件事我可以確定。那時候我看到的黑犬阿努比斯和女人只是利用灌滿競技

場的海水為媒介所投影出來的假人，而現在這個則是本尊！

（如果是千歲……如果是她的『束縛』聖釘的話，哪怕是靈體也能逮住她……！）

＊

——我遺憾地咬牙切齒，一邊繼續追蹤。

我貼著往來的人群與車輛旁穿過去，縱身跳上正在行駛的路面電車車頂，兩步跳了過去，不消十秒鐘就發現那個正在逃跑的女孩背影。

「啊啊啊啊啊！對不起，阿努比斯大人！我被發現了！請你救救我，阿努比斯大人！阿努比斯大人！」

那女孩一邊逃一邊回頭看，大聲哭叫。她表現地那麼慌張，連我都覺得很無言，但我可不會放鬆戒心。我很清楚再也沒什麼比身陷絕境的從者更加危險。

（可是她是真的在哭嗎……不對，她真的是神靈嗎？無論如何，目前她還沒傷及一般平民，要是我綁住她的話，她會有什麼反應？除了機械義肢之外，她還有哪些祕招可用？或者我應該先讓她逃跑，繞到她前面去——？）

「——繪里世同學！」

就在我不放慢腳步、全力急奔的時候，小春也迅速追了上來。她也同樣強化身體機能，好配合我超乎常人的速度。

「我感應不到有其他可疑人士，那個女性從者很有可能是單獨行動！」

「謝謝妳，小春！可是妳的身體沒事吧？」

「我沒事！」

「……嗯，非常好！」

（對了……這和我平時做的工作不一樣。）

看到小春堅定的臉龐，讓我稍微放下心，同時也想起現在的情況和我以前當夜巡者單獨執行任務的時候不同。我輕輕碰了碰瀏海上的禮裝。

「這裡是宇津見繪里世，是前《秋葉原》地區委任的直屬探員——」

我經由緊急回路上報當局，把競技場襲擊嫌疑犯的現在位置與外觀特徵上傳，還把追蹤用標示器的識別信號也分享出去。

很好，這樣一來當局的調查員就會繞到她前方，冰室管理的監視攝影機應該也可以逼得她無路可逃。要是這樣，她還能利用那原理不明的隱藏技術脫身的話——

（代表對方可能超出我們能力所及範圍……必須得要千歲或是小春的師長等級的魔術師出面才行……不行，我絕不能讓到手的大魚溜掉。）

禮裝立即就收到回信，這是上級通訊權限的強制來信。

原本我還以為是當局或是冰室來電詢問，可是對方卻是另一個我認識的人。

『繪里世——是我。妳在哪裡——我查到了，是在新宿通的路邊是吧。』

「瑪琪小姐!?」

瑪琪的聲音有些高亢，感覺得出來她非常緊張。

『我需要妳幫忙，有魔獸出現了。而且是兩隻。』

「魔獸!?這怎麼可能！」

這項情報完全超出我對異常狀況的容許上限。竟然有人在街頭上召喚魔獸。

在通訊的另一頭響起一陣槍響，激烈的程度連通訊噪音都沒辦法完全消除。

過了一會兒之後，現場轉播的畫面投射在空中。

那是一頭身體和卡車差不多大小的巨獸，重量恐怕比十個鬼女紅葉加起來還要多。根本可以稱作是怪獸了。

牠的外貌特徵太明顯，我一眼就認出來那是什麼，可是腦袋卻還是難以置信。

長滿凶暴尖牙的下顎與頭部就像是棲息在非洲的尼羅河鱷魚、魁梧的上半身與鬃毛是獅子的模樣，而下半身則是目中無人的河馬樣子。

與其說是把三種動物交雜在一起的混合獸，應該稱牠為在古埃及世界裡集恐怖與暴力象徵於一身的怪物。

（〝阿米特〞……誰料得到竟然會是牠啊！）

如果這是阿努比斯改變心意，覺得對人類的警告還不夠充足，那我真想大聲告訴他這樣實在太誇張了。像我這樣的夜巡者一直以來都在對抗不受控的從者，而這樣的打擊足以把我們努力守護的和平與常識都化為烏有。

我很想立刻就前去救援，可是——

「可是瑪琪小姐，我現在也要應付在逃的競技場襲擊案嫌疑犯——!!」

『大事不妙，從者要被吞噬掉了……！』

「……通訊……！」

通訊出現嚴重雜訊，然後就斷了。還是瑪琪她自己切斷的？

她所在的地方一看就知道是〝靖國通〞。就是我現在所在地的隔壁街區，只要花幾分鐘就能趕過去。

「剛才那頭怪獸是什麼——繪里世同學，妳知道嗎？」

「那是〝阿米特〞，不是什麼魔獸，而是埃及神話中的地府幻獸。而且還跑出兩頭——」

「幻獸……!?那麼應該就是阿努比斯神派出來的吧！」

「我也不做他想了，可是……」

從者變成喪屍的事件幾乎是只限定在《秋葉原》競技場內發生，雖然這齣慘劇有眾多人因此犧牲，但市民都還能欺騙自己，說這件事和自己不相干。而〝劫掠令咒〞的事件雖說在大範圍地區都有案例通報，卻還不至於對全體市民造成威脅。

可是——如果魔獸或是幻獸大剌剌地出現在街頭上，馬賽克市就再也算不上是安全的城市了。

「……必須盡快趕到瑪琪那裡去，現在沒時間觀察犯人去哪裡了，我們立刻抓住她吧！」

「好的！」

＊

那女孩逃跑的方向可以微微看見新宿御苑的玉藻池，池面水光粼粼。我有一種預感，讓那個從者靠近水邊是一件很危險的事。

而且如果她只是一個勁兒逃跑，不想和我們搏鬥的話——我還有這樣武器可用。

「小春，妳有沒有辦法讓她逃跑的速度稍微慢一點？」

「繪里世同學這個問題問得傻了。」

「很好。對一個騎馬對決的王者這樣問可真是失禮。」

小春加快速度，與那個正在逃跑的女孩並列。她作勢不讓那女孩通過，讓我能夠預測對方要逃逸的方向。

女孩慌慌張張轉換方向。她前方的空間如同海市蜃樓扭動起來，那是因為受到控制下，空氣的密度發生不平均的變化，變得更加黏密。小春手上一只積蓄了魔力的黃金手環發出光芒。

「風精啊，聽我號令——〝膨脹之壁〞。」

（是風屬性的魔術——）

那女孩看到眼前透明的牆壁，猶豫了一下，腳步也跟著一遲。我把握這個機會，發動起單一工程的詠唱魔術。

「——魔彈——！」

從我指尖發射出去的詛咒子彈精準地擊穿逃跑女孩的右大腿。我確定有打中，看到從傷口有擬態血液流淌出來。我緊接著開始裝填第二發子彈。

〝七發魔彈〞——

這項魔彈專門用來遠程狙擊，基礎是源自於一種叫做〝gandr〞的北歐咒術。

在波西米亞地區流傳的故事中，訴說著惡魔薩米耶把魔彈的鑄造方式傳授給一位獵人。這項魔術就是把〝gandr〞的性能再強化調整，以重現惡魔的魔彈。

要把乙太型態的子彈裝填在魔術回路裡，需要耗時費工的儀式。而且必須一定得裝填七發子彈才能發揮效果。這種子彈每射出一發，準確度與攻擊力就會隨之增加。但是一旦把七發子彈全部打完之後，自己也會承受很可怕的反作用力，就像被魔彈擊中一樣。雖然這項概念禮裝用起來很方便，對人類或是從者都有效。但是所謂詛咒他人，害人也害己……這項咒術正好完全體現出這句話的意義。

可是這項魔術與傳說中的真正『魔彈』有一項不同之處，那就是有漏洞可鑽。如果子彈打出去之後，只要重新再填彈就能讓計數歸零。就算總有一天終究要用到殺傷力提高到最強的最後一發子彈，可是第七發以前的子彈也是很好用的武器。過去我還傻傻地，曾經有一次使出第七發子彈，收拾掉一個難纏的從者。可是之後一個月我自己也癱在病床上，徘徊在生死關頭之間。那種經驗我可不想再來第二次。

「——魔彈——魔彈。」

第二發射中身體右側、第三發打穿左大腿。

（如果她真的是神靈，這幾發應該還沒什麼效果。那時候也是一樣——）

「繪里世同學……！要是傷她太重，就沒辦法打聽情報了……」

「只要她的記憶沒被破壞就好了，我有避開靈核，所以才會使用魔彈，要是她自盡的話才麻煩。」

我刻意不打會自己活動的義肢。雖然肉身不見得是弱點，但我還是狠下心專打肉身部位。那個女孩很能忍，可是就在我把第五發子彈打在她身上之後，她再也動彈不得。

看到她奄奄一息在路上爬的模樣，我一點都不覺得同情可憐。當時我推開那些受到操控市民的屍首的觸感，還有那些失去從者的人們的傷心哀嘆，這一切都還深深烙印在我內心裡。

多虧我先前有通報當局，現場附近的市民都已經去避難了。被人們丟棄的汽車直接停在馬路上，只有我和小春走在這條沒有一絲人煙的路上。

「小心她的義肢。仔細一看，她全身上下好像有很多地方都有金屬零件。」

「好的，繪里世同學也記得用術式把她綑住——」

我一邊小心戒備她暴起反擊，站在那趴伏在地上的女孩身旁。

不由自主飆升的殺意讓〝魔王〞激揚蠢動起來，虎視眈眈地伺機而動。要不是因為小春用帶著責怪的眼神看我，我可能已經犯了大錯。

「阿努……比斯……大人……」

倒在血泊中的女孩喊的名字的確是阿努比斯沒錯，光是確認這一點，就不枉我追她這麼久。

我壓抑住情緒，身體依照夜巡者的工作流程動了起來。先是在周圍設下束縛從者用的封靈魔法陣。雖然這只是臨時魔法陣，有效時間非常短，可是應該足以撐到當局的收監大隊前來了。

就在我忙著設魔法陣的時候，小春忽然毫無預警地飛到半天高。轟的一聲，一陣強烈的震波也經由空氣傳到我身上來。

「……什麼……小春!?」

我還沒來得及抬頭看天空，小春就已經被轟出去，飛了不下五十公尺遠。她的身體畫出一道拋物線，眼看即將撞上鬧區的大樓。

我像個彈簧一般使盡全力衝出去，把〝枝椏〞化作第二、第三隻有鉤爪的手腳延伸出去。鉤爪刺進行進方向的大樓側壁，一邊灑下漫天水泥碎片，一邊斜斜地往上爬，先一步繞到小春墜落的位置去。

「——!!」

可是這時候又有另一名敵人殺到我眼前，擋住我的去路。

那是一名身上穿著鮮豔的原色斗篷，皮膚黝黑又有著一對鮮紅眼眸的裸身女人。

「嗨，兩位小女孩。」

她的踢擊力道就像怪手全力橫掃一樣強，雖然我勉強及時護住身子，但手腕已經麻到沒有感覺。所以小春就是直接挨了她這麼一腳。

（小春——！）

幸好就在小春撞上牆面之前，穿著便服的加拉哈德出現在半空中，一把抱住了她。他順勢在牆面上踢了一腳，兩人安全著地。

「加拉哈德爵士……！」

「──抱歉，是我疏忽了。她昏了過去，但沒有大礙。」

「不，這不是你的錯……！是我的失誤……」

加拉哈德在這時候還保持靈體狀態算不上是他的疏忽──要是我把那毫無意義的殺意壓抑下來的話，說不定就能察覺有敵人接近了。我直接跑到他身旁，重新與出現的敵人對峙。後來出現的女人當場滴溜溜地轉個身，刻意把她身上五彩繽紛的斗篷展現我們看。

「你們真的看得到我啊。真是的，作弊手段就是用不久。」

「……恩桑比……！」

再次現蹤的神靈從者在倒臥於地的女孩身邊單膝跪下。為了要讓我們遠離那女孩，她才會特地用那種攻擊拉開雙方的距離。

「這項隱遁咒術的效果雖然驚人，可惜只要一旦現身就會失去效用。要再找那傢伙施法也挺麻煩的。」

倒在地上的女孩虛弱地向恩桑比伸出手。

「小……小恩……對不起……」

恩桑比笑咪咪地在同伴女孩滿是鮮血的頭髮上摸了一把。

「沒事沒事。」

「……好了，你們有人感覺敏銳，能夠識破咒術是吧？要是不讓那傢伙稍微吃點苦頭，是不是我們逃跑之後又會有人追上來呢？」

「逃跑？」

沒想到先前實力壓倒我們的強敵會說這種話。

「哈哈哈哈，我的刀還在修理嘛。刀刃損傷得太厲害，現在正在重新磨利。所以今天沒辦法陪妳們玩，可惜啊可惜。」

「…………？」

她根本不需要告訴我們這些，是想利用這項情報巧妙地激我們嗎？或者單純只是她腦袋有問題？

恩桑比輕輕鬆鬆一把抓起停在路上的三輪卡車，向我們扔了過來，讓我把各種揣測全都拋到九霄雲外，而加拉哈德輕輕地把小春的身體交給我，自己迎上前去。

「你……」

「這可真是好消息——那今天就是殺妳的絕佳機會。」

聖杯騎士直視著敵人，拔出長劍後高舉劍尖。隨著一聲鐵甲交撞的聲響，他變回原本的盔甲裝扮。

「想逃就儘管逃看看吧！」

騎士把飛過來的車體一劍劈成兩截，震了開去，眨眼間就縮短雙方的距離。

「喔喔？——喝。」

恩桑比把同夥的女孩抱起來想要帶走她，可是加拉哈德覷準機會，揮劍劈了上去，不讓對方有機會抽身。從者使盡全力對恩桑比展開攻勢，要不是我有強化視力的話，人類的眼睛根本抓不到他的動作。

如同恩桑比先前所說，她沒有拿出那柄異樣的刀刃，而是一邊利用身邊的車輛、郵筒之類的物品，以俐落的身法與威力萬鈞的足技應戰。但我心裡還是七上八下，擔心剛才那番話只是她在說謊，會不會她等一下就拿出藏起來的詛咒刀刃攻擊加拉哈德。

（我應該要上場才對…………）

現場碎片四散紛飛，我一邊保護懷中的小春不被碎片傷到，一邊觀察她的狀況。這時候她發出輕微的呻吟聲，似乎醒了過來。

「小春……？」

恩桑比那一腳足以踢斷人的脊椎、讓人內臟破裂，可是小春的傷沒有那麼重。應該是她剛才為了防備倒地的女孩暴起反擊，所以設下了障壁的關係。

（必須得立刻進行治療……真是的，如果這時候紅葉在該有多好！可是我又不想把卡琳捲入這樣的場面……！）

「哈哈哈哈、哈哈哈哈哈哈哈哈！真是好玩！這東西你能砍得到嗎!?」

面對騎士壓倒性的劍招，看似陷入劣勢的恩桑比接二連三使出各種咒術。她從斗篷下取出一捆骨頭扔了出來，柏油路面立刻裂開一條大縫，巨獸尖銳的肋骨刺了出來，化作一對大顎想要吞噬騎士。

加拉哈德的配劍〝奇異垂布的劍〞雖然是細劍，卻還是輕而易舉地把殺過來的尖牙利齒盡數粉碎。

「開什麼玩笑——這根本不值一哂。」

就在加拉哈德反擊的當下，恩桑比又使出另一項咒術，她把幾顆如乾燥葡萄般大小的東西撒在路面上。周遭瞬間充滿寒氣，令人毛骨悚然的空洞哭聲充盈四周，那是嬰孩的哭聲。無數赭黑的嬰孩靈把我們團團包圍，如同海嘯般向我們襲來。

「唔……………」

加拉哈德一下子就被一波波靈體淹沒，上千名嬰孩緩緩往上爬，他們的手指纏住加拉哈德的雙腳，讓他無法動彈。

犯下姦淫罪的以色列王的劍似乎應付不來這樣的對手。如果是真正的聖杯騎士加拉哈德，這些嬰靈光是碰到他就會受到淨化而消失，看來他確實是異體英靈。

「交給我來！——掠捕吧，魔王！」

可是那些無處可去的嬰靈對我來說正是絕佳的獵物。我讓小春坐在腳邊，一邊護著她一邊讓〝枝椏〞伸長成長竿形狀，前端形成好幾個用鐵鍊連接的帶刺鐵球。

（〝連結棍〞——！）

連結棍旋轉一圈，橫掃那些嬰靈，一口氣全部消滅。

恩桑比的咒術和我的力量果真能夠完美地相互抵消。

這種打擊不是淨化，也不是強制升天，而是把它們送回邪靈原本來自的世界。黑色蠕動的邪靈就是我自己的靈障，也是我醜陋烙印下的傷口。

擺脫嬰靈的加拉哈德重整態勢，再度逼近恩桑比——可是他的劍招慢慢不如原本那樣凌厲，與赤手空拳的恩桑比逐漸打成五五波。

這時候恢復意識之後蜷曲在地上的小春身上也發生異變。

「……小春，妳……？」

「這種程度的小事還……不算什麼……嗚……」

小春氣喘吁吁，很不舒服地皺起臉龐，自己把右手的醫療貼布撕破。她的魔術回路以右手的令咒為起點浮現出來，覆蓋肩膀，甚至到達右邊臉頰。

「……嗚……」

我實在看不下去，忍不住也呻吟起來。這不是受到攻擊，而是因為過度供應魔力，使得御主的身體受到侵蝕。

小春受損的魔術回路之前光是讓從者顯現出來就已經是使盡全力，現在更是發出哀號。但她還是保持堅毅的鬥志，努力想要支持加拉哈德。

「人家不是說我沒有帶傢伙嗎？這世界最高潔的騎士，你這樣不嫌太卑鄙了嗎？」

加拉哈德完全不理會恩桑比的激將法。

「這些無聊的廢話妳就下地獄去講給漢尼拔大叔聽吧。還有熙德那傢伙一向喜歡怪胎，就算是像妳這種混身屍臭味的女人，他可能也願意捏著鼻子和妳喝一杯。我可是死都不願意——」

「哈哈哈哈，只要你是英靈，那你也是我的孩子喔！」

「那可未必，汙穢的地母神。不貞的雙親只一個都嫌太多了。」

加拉哈德一邊咒罵道，忽然反手回劍入鞘。接著他戴著手套的手放在腰間劍帶配掛的另一柄長劍劍柄——他終於動手去拿那柄放在裝飾華美的黑色劍鞘的長劍了。

（——!!那柄劍是……！）

恩桑比誤以為加拉哈德收劍的動作是要撤退，錯失拉開雙方距離的機會。

加拉哈德調整步幅，身上的壓迫感倍增。長劍架在身體左側後方處，微微拔了出來。雖然顯露出的劍身不過只有一根頭髮寬，可是卻迸射出濃密的魔力。

小春的身體也跟著像是被雷打到一般劇烈痙攣，發出痛苦的呻吟聲。

「啊……啊啊……！」

他打算動用了，動用這柄他認為連神靈都能殺的劍、這柄他隱藏已久的寶具。

我從沒看過那柄黑色劍鞘的長劍出鞘。

與敵人對峙的加拉哈德知道小春身上發生異狀嗎？要是小春自己切斷心電感應，不讓他知道的話……！

「……加哈拉德爵士！」

我對他的背影尖聲大叫，想要制止他。卡琳擔心過小春身子，我明白現在這麼做對小春來說是更大的侮辱，但還是不能坐視不管。搖搖擺擺的小春走上前，試圖讓眾人知道自己還挺得住。

「……嗚嗚……不要緊，動手吧，加拉哈德！要打倒那個人，現在就是最好的機會。使用你的寶具！」

「不……不行，加拉哈德爵士！小春撐不住再繼續消耗魔力了！要是你拔出那把劍，小春就會死，你也會消失的！」

「————」

現場一陣殺氣騰騰的沉默。聖杯騎士把敵人鎖定在攻擊範圍內，手搭在劍柄上動也不動地和恩桑比互相凝視。如今的小春沒有辦法發動令咒，強迫從者遵從命令。唯一能左右戰局的就是加哈拉德自身的意志。

經過一陣讓人連大氣都不敢吐一口的緊張——我似乎看到他露出一抹無力的微笑，身子稍稍往後退。

——巨獸的咆哮聲打破沉默。

一陣地鳴聲響來到近處，就連我們和敵人對峙的路上都感覺得到。住屋毀壞的聲音不斷迴盪，傳到耳裡。

「阿米特往這裡來了……！」

我迅速查看終端，裡面有卡琳給我的訊息，還有冰室發布的緊急避難警報。在《新宿》的地圖上以圖示顯示著兩頭怪獸的行進狀況，看起來就像是超小型颱風的路徑預測圖一般。

其中一頭怪獸在靖國通周遭進行大範圍破壞，而另一頭則是往我們現在的所在地一直線衝過來。

恩桑比縱聲大笑。

「哈哈，可終於來了！那些吞心怪獸，顯現那麼快，動作卻這麼拖拖拉拉的。你們打算怎麼辦呢？沒用的騎士，還有妳們兩個小女生？要繼續追捕我們嗎？我是可以陪你們玩到滿意為止喔。」

她一邊說，一邊把同伴的女孩如同貨物般粗手粗腳地扛了起來。

加拉哈德看準機會，換持〝奇異垂布的劍〞，拔劍直砍過去。恩桑比瞬間向後飛躍，躲開劍砍。兩名敵方從者就這麼化為靈體消失無蹤，只留下地母神的哄笑聲還迴盪在大樓街道上。

「可惡……」

她們還很機靈地把追蹤用的標示器扔掉。可是即便看不見蹤影，只要循著魔力的痕跡，應該還是可以繼續追蹤恩桑比她們。我有自信能夠追上一整天，不管是精力或是魔力都還夠讓我進行追蹤。可是………

「看來我也只能到此為止了。」

加拉哈德收起劍，回到我們身邊。激戰當中被人潑了冷水，就連他身上甲冑的聲響似乎都有些有氣無力。

他單膝跪地看著我們，還一邊窺探著渾身癱軟的小春身體狀況如何。

結果小春用無力的手打了他一巴掌，這次他沒有閃開。

「為什麼不聽從我的命令……你還是不把我當做御主看嗎……」

小春臉上滿是羞恥的淚水，用顫抖的聲音說道。嬌小的身軀滿是怒氣。

「……我的使命不是殺人。」

加拉哈德懶洋洋地站起身，俯視著女孩說道：

「更別說要和妳一起死，我可是敬謝不敏──」

嘲諷完小春之後，加拉哈德便化為靈體消失。消失之前他對我用眼神示意，要我照顧小春。

少女纖細的肩膀完全拒人於千里之外，根本不看我一眼。看來她完全討厭我了，但我還是相信自己的選擇沒有錯。

■ 15

「————卡琳？」

『繪里里？就快要到妳那裡了！』

卡琳的聲音從接通的通訊回路另一頭傳來。

緊接著立刻就有一陣咚咚震動聲傳來，害我不禁毛骨悚然起來，隨後發現這是平常熟悉的紅葉的腳步聲才又放下心。

遠遠看到鬼女紅葉朝這裡急奔的身影，背上還背著卡琳與Voyager。

卡琳從紅葉背上跳下來，看到周遭戰後的慘狀，忍不住睜大眼睛。Voyager本來也想跑到我身邊來，可是〝枝椏〞嗅到獵物氣息，揚首而起。Voyager看到也只能皺著眉頭停下腳步。這樣就對了。

「哇～～這、這太悽慘了。妳、妳沒事吧？小春春。」

「紅葉——」

我還沒來得及說明來龍去脈，鬼女紅葉看到小春的傷勢似乎就知道自己該怎麼做了。牠發出擔心的低吼聲，立刻開始治療。

「……麻煩你了。」

讓人遺憾的是我只能治療自己的傷勢，沒辦法去醫治別人。而且就算是醫治自己，技術也不是很好。我本身就是不適合運用治癒魔術，如果是肉體上的傷勢，我還可以做急救處置，但小春的傷不是傷在身體。

「……然後我們要怎麼辦？那個大傢伙就要來了。雖然當局已經引導人群去避難，可是那怪物也已經翻過封鎖線了。要直接去避難嗎？」

我又看了一次終端。原本一直線往這邊來的那頭怪物半路改變方向，往人群比較多的鬧區過去了。

「那個是一種叫做阿米特的幻獸。我必須去幫忙瑪琪才行……！Voyager，你站在那裡聽我說。」

我壓抑著昂揚鼓動的〝枝椏〞，盡可能把它往我身邊引導過來。

「——你一個人也能飛嗎？」

「要飛的話必須要有繪里世的力量才行。其實剛才我就想飛過來，可是飛不起來。」

「這樣啊……我想也是。」

就如同我先前的親身經歷，飛行是一件非常疲憊的事情。如果要Voyager自己飛的話，過度的魔力消耗可能會危害到他自己本身的存在。

如今也沒辦法仰賴小春。

那麼我就必須得做出一項決定，沒有時間煩惱了。

「——就使用〝令咒〞吧，只有這個辦法了。」

「……令咒？」

「我的〝枝椏〞會不由自主傷到你，因為它們會把從者吃掉。我和那頭怪物也是半斤八兩……所以我必須要動用我自己的力量來保護你。」

Voyager挺起胸膛，把護目鏡拿起來放在自己頭上。

「要和妳一起飛對吧。要是我們一起飛的話，我什麼事都辦得到。」

「……嗯。一起上吧，Voyager。」

我把刻有令咒的左手伸向少年。

（這樣一來，也能知道我的令咒的根源來自何處……）

我小心翼翼地伸長〝枝椏〞，就像繞線圈一樣在少年伸出的纖細手臂上纏繞好幾圈。同時還得拚命撐著，阻止垂涎欲滴想要侵蝕Voyager的〝枝椏〞真的傷到他。

『我以令咒命令你——抵抗我的〝枝椏〞侵蝕！』

一陣驚人的魔力迸射出來，發出乙太靈光盈滿他的靈體。

（使用令咒……就是這麼一回事……！這就是我對聖杯許下的第一個願望……！）

接下來我解開對〝枝椏〞的控制。放鬆控制的同時，〝枝椏〞緊緊纏住他的手臂。要是平常的狀況，〝枝椏〞會直接潛入靈體內部，試圖找出靈核所在。可是此時〝枝椏〞就被擋在Voyager的身體表面上。

Voyager也一點都不感到害怕，凝視著我。

（暫時是……成功了。）

手背上的令咒確實是消耗掉了。紋樣中最靠近手腕的部位變成像是舊傷般的狀態。輸送給從者的龐大魔力應該是轉換成某種具有特定抗魔力的術法了。可是這種術法的抵抗力恐怕和強化魔法一樣，只是暫時性的。至於魔力的來源是來自何處，只要看接下來幾個小時令咒會不會復原就知道了。

雖然這只是結果論，但先前如果沒有猶豫直接動用令咒的話，說不定早就已經成功解決掉恩桑比她們了。

或者情況也可能相反，用令咒對抗可能也還不足以打倒她們。過去我也碰過好幾個市民御主使用令咒來抵抗我，但還是被我打敗。

怎麼會這麼不適合呢？我這個御主為什麼會這麼配不上他？

我謹慎小心地握住 Voyager 的手，當我們正要原地起飛的時候——

紅葉低吼一聲叫住了我，正在接受治療的小春要找我。

「……繪里世同學，這給妳……現在的我用不著。這應該……可以當做護身符保護妳。」

小春強撐著讓自己不昏過去，很辛苦地把自己使用的金色手環咒具遞給我。

「謝謝妳，小春……現在妳先安靜休息吧。」

＊

我讓 Voyager 扶著我的一隻手，一起在大樓之間垂直上升。

低空飛行比較麻煩，有可能卡到電線。而且我也還不確定能不能做出精細的移動動作。

（比起航海的船員，我對飛行員幾乎沒有留意過……只知道草創期的太空人都是軍中的測試飛行員，還有修伯里對飛機有一種幾近病態的熱愛。）

雖然人數不多，但馬賽克市裡也有幾個能夠自己飛行的從者。比如說自稱是墜機王的奧托．李林塔爾，還有完成人類史上第一次熱氣球載人飛行的孟格菲兄弟之類就是這類從者。只要有適當的工具器材，就算是一般市民也能實現他們的飛行型態。如果是靠寶具或是魔力硬是讓人飄浮起來的話，其他很多從者或是魔術師應該也有辦法做到。只是效率如何就另當別論了。

「啊啊……這樣飛起來，比晚上的時候可怕多了。」

「妳有懼高症嗎？」

「才沒有，可是我還不習慣。總覺得肚子輕飄飄的。」

過去在花園町的公園裡俯瞰過好幾次的《新宿》風景就在下方展開。如果不是身陷這樣的危急當中，這會是一場多麼棒的飛行啊。

「找到了……就是那個！」

我用強化視力看向要確認的地點，便看到大量粉塵白煙從半倒塌的大樓後方揚起，到處都有火災發生，而且也聽得到斷斷續續的槍聲。阿米特應該就隱藏在白煙當中，牠明明應該是史前時代的幻獸，可是卻感覺不到有什麼魔力，反而更讓人覺得詭異。

「我們必須降落到那旁邊去……哇哇……唉呀呀……」

「繪里世，妳技術好爛。讓我來吧。」

「…………是。」

Voyager看不下去我飛得這麼不穩。我把主導權交給他，讓他來控制。原本不穩的飛行一下子變得很平順，一邊穩穩地降低高度，一邊往現場靠近。那頭巨獸終於出現在我們眼前。

「……比畫面上看到的更大上許多……這是另一個個體嗎!?」

我們一邊觀察巨獸的行為舉止，一邊貼在大樓側面，從高處觀察牠。

在巨獸的周圍有一群拿著自動步槍的特殊部隊隊員以及機動隊隊員，保持一段距離正在應戰。怪獸看起來比剛才在通訊中看到的更大上許多，就好比中型卡車與特大型巴士的差異。

可是阿米特的動作又鈍又重，現場看起來沒有要求提供緊急支援。因為巨獸的體格龐大，反而變成很好瞄準的靶子。

照這樣看起來，我們在天空上的飛具有很大的優勢。要是那種現在已經是老古董的有人駕駛攻擊直升機，也能給予有效的打擊。不巧的是馬賽克市內沒有飛行機械，也沒有具備攻擊性能的無人機。

「瑪琪……好像不在耶。」

「……嗯。她肯定是去應付另一頭幻獸了。我們也趕快去和她會合，確認一下狀況吧。可是……」

眼前的光景和我料想的不同，讓我有些疑惑。現場沒有從者。後方好像有幾個從者，可是不知道為什麼部署在最前方的全都是人類的武裝隊員。

從者最擅長近身肉搏戰或是獵殺猛獸，對付這樣的怪獸應該是他們的專長才對。

（對了……瑪琪先前好像有這樣叫過——說從者要被吞噬掉。）

〝阿米特〞是一種棲息在埃及神話中冥界雅盧的審判獸。牠的外貌融合鱷魚、獅子與河馬三種野獸的特徵，看起來雖然滑稽，可是卻負責執行一項可怕的工作。

在古埃及的世界裡，脫離肉體之後成為靈魂〝Ba〞的往生者會經過一段漫長的旅程，來到冥界主神歐西里斯掌管的審判大廳。

要是往生者生前的善行無法在這場審判裡受到認可，就沒辦法送往眾神居住的冥界去。往生者要在四十二位神祇面前表明自己的清白，最後還要把自己的心臟放在阿努比斯神裁定的天秤上。天秤的另一端放著真相羽毛。如果往生者的表白沒有說謊，天秤就會保持平衡。

但要是天秤稍有一點偏斜，往生者的心臟就會被阿米特吃掉。以聖書體文字流傳下來的阿米特的名稱代表著〝吞噬心臟者〞、〝吃死者的野獸〞的意思。往生者已經死過一回，要是再死第二次就會徹底毀滅。對於篤信生死重複輪迴的古埃及人來說，阿米特是他們最大的恐懼，比地獄還可怕。

（牠該不會把從者吸收掉……吃掉了吧……）

這幻獸阿米特很有可能是阿努比斯神派出來的，我不認為牠們只是誘餌，好讓恩桑比與那個女孩脫身。如果有能力這樣使喚幻獸，根本用不著客氣。

我認為應該是對方把某種預定計畫提前，在尚未準備就緒的情況下就先實行了。而且我也很掛心為什麼出現的幻獸不是一頭而是兩頭。

（這樣的話，再有其他阿米特出現也不足為奇了……）

怪物揚起頭來，和我們視線交會。

幻獸發出震動空氣的咆吼聲，讓我感受到很大的壓力與危險。而我則是用充滿敵意的眼神回瞪牠。

「……嗚……繪里世……」

就在我內心陷入不安的時候，少年扭動著身軀發出呻吟。纏在他手腕上的〝枝椏〞已經開始侵蝕他了。被〝枝椏〞碰觸到的一部分衣服逐漸消散。〝枝椏〞看似馬上就要突破令咒的保護，我倒抽一口氣，身子縮了縮。

「…………對不起，我不是有意的。」

「我們去找瑪琪吧，繪里世。我感覺很不舒服。」

「好，我們也沒辦法一起飛太久。」

「……嗯……是啊。」

我在牆面上一蹬加速，明明只會在地上爬的死神，現在卻又再次飛上天空。下面舉著槍的隊員也發現了我。我打手勢表示要去看另一頭魔獸的所在地，對方也用力揮手向我指示。希望在我回來之前，他們都別出事。

我又笨手笨腳地在空中加快速度，然後向少年問道：

「Voyager——你告訴我，那頭怪物就是你說的〝蛇〞嗎？」

「……不知道……應該不是……」

他一邊猶豫一邊搖頭說道：

「如果是蛇的話，牠一定有吞東西。」

「你是說大象嗎……？如果是說漢尼拔的戰象，我們先前才打過。」

「是更大、更大的東西。」

過沒多久，我們就到達另一處獵捕幻獸的現場。靖國通橫跨兩個街區，那頭怪獸已經離開靖國通了。光是被牠破壞的住宅損壞就不可計數。

就在這時候，那頭古代幻獸正好渾身遭受槍擊，濺灑出大量體液之後嚥下最後一口氣。這樣醜陋髒汙的結局和英雄傳說故事中講的完全天差地遠。正如我料想的一樣，這頭比剛才那一頭更小。

（可是憑藉人類的力量……用一般武器……可以打得倒！）

這真是天大的好消息。

瑪琪的身影就在現場。雖然她自己受傷流血，但還是平安無事，大聲發出指示。

安妮・奧克雷也穿著女侍服直接出動。她背著大型狙擊槍的硬殼箱，跳上摩托車立刻開始移動。

「妳來了，繪里世。剛才好像看到妳是飛過來的？總而言之，我已經聽冰室報告過了。妳讓恩桑比和另一名同夥跑掉了是嗎？」

「……我無話可說。」

「不……我才是沒能防止災害發生。沒想到他們竟然會使出這麼不客氣的攻勢……」

「……那應該是幻獸阿米特沒錯吧？」

「嗯，好像是沒錯。我也是第一次看到這種類型的怪物。」

她的措詞讓我覺得有些怪怪的，但我沒有多理會，又再問道：

「妳的武器呢？聖骸布怎麼了……」

「聖骸布啊……這傢伙是雌性的，所以我才打得這麼辛苦。書蟲繪里世也有滿多事情不知道的嘛，哈哈哈……」

「……咦，怎麼會……那是雌的……？」

錯誤的誤解讓我臉色發白。要是知道的話，我肯定打從一開始就先警告她了。

沒錯，雖然長相可怕，但阿米特的性別全部都是雌性。即便是對抗野獸，但只要是不是雄性，聖骸布就沒辦法發揮束縛的效果。我恍然大悟，吞噬死者心臟使之回歸虛無的懲罰，這樣的神話思想確實也可以解釋成回歸母親的子宮。

「那另一頭還活著的怪獸要怎麼辦？我馬上就能回去那邊，如果妳有什麼有效計策的話，請告訴我。」

「…………」

瑪琪沒有回答我的問題，嘆了一口氣便在瓦礫堆上坐下。被粉塵染成白色的西服也沾上了黏黏的血糊。隱藏不住的疲勞與懊悔讓她看起來似乎突然老了幾歲。

那頭怪獸重重倒臥在地上，把大樓的一樓店鋪壓到半垮。聽起來沒有再繼續活動了。牠明明已經完全斷氣，屍體卻沒有消失。

（不會變成靈體……？所以槍械才能打傷牠嗎……？）

「瑪琪……妳沒事吧？」

Voyager 問道。

「沒擔心。看起來好像很嚴重，但不是什麼大不了的傷勢。Voyager 會飛了啊？真了不起。」

「嗯，不過繪里世還是滿重的。」

瑪琪對擔心慰問的少年笑了笑，彷彿在稱讚一個剛學會足球射門的小孩子一樣。

「——關於妳剛才問的計策，我已經叫一些熟悉古代東方學的人去找看看有沒有確實封殺那怪物的方法，現在正在查。聽說埃及的『死者之書』上好像有什麼〝驅趕鱷魚的咒文〞或是〝不會再死一次的咒文〞。不過我覺得希望渺茫……」

「這裡好像也沒幾位從者。」

「……對，這就是最大的問題。」

——正當我們交談的時候，一抹聽起來很突兀的聲音從我們頭上傳來。

「醫護兵！醫護兵！快來，這是最後一名傷者了……我說了我不適合幹重勞動嘛……嘿咻！」

一名魔女張開一雙發出美麗光芒的翅膀，搖搖晃晃地飛過來。她把沒能及時逃出而受傷的店員用救援吊帶吊著，自行運送過來。然後直接交給在正在待命的醫療人員。對了，這裡也有會飛的從者。

「魔女喀耳刻？妳也被叫來對抗幻獸了？」

「繪里世，怎麼又是妳？我這樣飛是會對御主造成負擔，可是她都已經用令咒拜託我要盡可能幫忙大家，我又有什麼辦法？幸好我們的店最後沒有出事。還有，要叫我大魔女！」

「謝謝妳幫忙搬運傷者，辛苦妳了。真是幫了我們大忙，喀耳刻。」

瑪琪向魔女喀耳刻道謝。她和喀耳刻兩個人一邊互相補充，一邊簡單扼要地向我說明狀況。

經由多數通報來源得知，忽然出現在大街上的幻獸阿米特是藉由咒物伊繆特為媒介而顯現的。

牠們對周圍的人與從者展開攻擊，見一個攻擊一個。撲咬上去，然後吞下肚。而且牠們對魔術有很強的抵抗力，投射在牠們身上的魔法全都失效，聽說就連喀耳刻的魔術都不當一回事。雖然能對牠們的肉體造成物理性的傷害，但肉體幾乎一瞬間就會再生。

最糟糕的就是對從者造成的傷害。靠近阿米特的從者光是近一點就會遭到嚴重的傷害。靈體會腐敗，然後燃燒起來。簡直和神罰天譴沒兩樣。

瑪琪她們打倒的那頭怪獸，是由一位以聖人聞名的格鬥系從者出面應戰才突破的。因為有那位從者的努力奮戰，才爭取到足夠的時間等武裝隊員集合起來。那名從者也因為過度消耗，連維持形體都有困難，才不得不脫離戰場。

魔女繼續喋喋不休地說道：

「那頭冥界怪物竟然吃了市民的心臟之後〝長骨生肉〞了！從者靈體也被牠當做活動的能量來源。要是放任不管，這座城市遲早會被牠摧殘殆盡，市民與從者都被吃光。」

「另一頭怪獸該不會……也是因為這樣才會變那麼大隻吧？」

瑪琪默默點頭。這怪物真是一場惡夢。

「真的很遺憾。要是魔術或是毒物都沒什麼效果的話，不如嘗試用高性能炸藥把牠炸上天如何？就把炸藥扔進牠的嘴巴裡。」

「那怪獸那麼龐大，要炸死牠的話，炸藥的分量要很多。爆炸的震波會把表層一整個街區全都夷為平地。而且冰室也說了，現在這個地方有很多支撐城市結構體的主要支柱，爆炸之後有可能會引起連鎖反應，震倒柱子。」

「哇……可是用小口徑武器驅趕打持久戰的話，結果還是一樣吧！損害範圍只會愈來愈大而已！雖然那頭怪物腦袋不靈光，滿腦子只有吃，可是牠可不會乖乖按照我們的計畫行動。」

「這個……妳說得沒錯。最糟糕的情況下，有可能必須得放棄角笞。就像江戶時代為了防止大火延燒的破壞消防法一樣。現在最優先要務就是讓居民都去避難。」

「放棄角笞!?千萬不要！這裡有我們的店鋪啊！」

魔女急得差點沒一把抓上去，瑪琪現在也被迫得做出痛苦的決定。

瑪琪與喀耳刻的御主都曾經是戰爭難民，都曾經失去過原本的家。好不容易才得到安身之所，沒想到現在又可能會再度失去家園。

「……沒錯，我們不能只求解決眼前問題就好。要是不能守護城市的話，還有什麼意義！」

長久以來我一直都很任性妄為，根本沒有什麼正義感或是高道德感。雖然只是憑藉著一份傷感的情緒，但還是忍不住要說。

「——如果牠們出現的原因是咒物伊繆特，這頭怪物也不見得是最後一頭，難保以後不會再出現！我們現在必須打敗牠才行！要是不讓對方見識到我們不會輸給這種怪物的話，那要怎麼讓敵人放棄呢!?」

瑪琪冷靜地看著我。

「……妳有什麼好主意嗎？」

「就算魔術或聖骸布都派不上用場……我的〝枝椏〞應該可以束縛住牠，如果只是短時間的話——」

「真的嗎？那我們就把適度調整火力的炸彈插滿牠全身——」

魔女喀耳刻說道。

「那樣子繪里世也會死掉喔，真的好嗎？」

Voyager有些不安地說道。魔女抱著雙臂，一臉好像在衡量代價與成果的表情。別開玩笑了，這種自殺式攻擊我才不要。

「當然不好，而且我也不要死。瑪琪小姐，妳有沒有瞬間硬化性的合成樹脂？」

「有是有。可是像那種戰前的遺物，現在已經蒐集不到多少了。最多只能固定住牠的腳吧。先前的戰鬥中，牠的腳就算斷了也能立刻再生。就算用超硬鋼絲也沒用，會被牠咬斷。現在更沒時間從《多摩》基地把對付大型野獸的裝備搬來。」

「真是棘手……也就是困住牠後必須在那龐大的身軀全身上下造成物理性傷害才行……」

（能夠咬斷鋼絲……換句話說，牠的密度比看上去更大更重……）

我忽然想到一個點子。這個計畫沒什麼花樣，單純到我甚至覺得有點不太好意思講出口。

關鍵就在Voyager身上。我向身旁看一眼，想看看他的意志如何。

「妳那主意不錯。就來試試看吧，繪里世。」

「……咦？」

我根本什麼都還沒說，Voyager卻已經察覺我在想什麼，露出微笑。

瑪琪一邊看著分分秒秒變動的資訊圖表，向我們說道：

「所有居民差不多就快要全部去避難了，但還有一點時間剩下。如果可以的話，妳就再嘗試看看吧。好歹妳也是夜巡者的一分子。」

「……好的。」

即便這句話只是給我激勵打氣，我還是很高興。

瑪琪接著從醫療團隊的裝備裡拿出一套設備，通通塞到魔女手上。

「喀耳刻，既然妳都來幫忙了，那就麻煩妳再做件事。妳拿著生命感測器與無線攝影機到處飛一飛。因為建築物都垮了，冰室正在煩惱監視設備數量減少。雖然絕大部分的人都已經和從者去避難了，可是說不定還有人需要救援。」

「真是沒辦法。空中之眼的工作就叫久遠寺的使魔去做嘛。要是沒有令咒的話，我是絕對不會答應幹這種差事的。」

我再度牽著 Voyager 的手，向空中飄浮起來。

瑪琪一瞬間好像猶豫了一下，還是叫住了我說道：

「……就在剛才斯諾醫生向我報告。有個人出現在發現另一個伊繆特的現場，疑似是那個男的。」

「…………妳說的該不會是……朽目嗎？」

我打從心底希望這個直覺是錯誤的。可是瑪琪什麼都沒說，只是點了點頭。一股寒意竄過我全身，現在這個時機真的太不妙了。

「伊繆特是破壞掉，讓它失去效用了。但那個男子也消失蹤影。我要到那裡去看看。」

「……妳要小心……」

「不用擔心，我還有聖骸布呢。要小心的人應該是妳啊，繪里世。」

臨去之際，在地上愈變愈小的瑪琪還從袖子裡伸出一條緋紅色的布，像揮手一樣揮舞著。

＊

——我再次飛回先前那頭阿米特的所在位置。

發狂的巨獸想要找心臟吃，繼續在街道上撕裂出更大的傷口。牠敏銳地察覺到有獵物存在，加快速度往避難進度比較緩慢的地區前進。

身為主戰力的從者無法靠近牠，原本應該具有強大攻擊力的咒具大部分都只有反效果。而武裝隊員的傷者也愈來愈多。

相比之下，阿米特完全不把傷害當做一回事，恢復速度比剛才還快。只有大型狙擊槍、戰時遺留下來的破甲用無人機使用的光學誘導彈才勉強有點效果。

負隅抵抗的隊員當中有幾個人與我有一面之緣，我就從他們口中打聽情況，然後向他們說明我接下來的計畫，請求他們支援。

幸運的是我的〝夜巡者〞資格在有限的期間之內又有效力，應該是瑪琪幫我向冰室打商量的。

有很多隊員知道我和真鶴千歲的關係，要求發出〝Code Crimson〞號令。他們把希望放在最強的從者聖朗基努斯的長槍上。

……話雖如此，我也不否認內心裡也希望千歲她們能夠出面，對千歲到現在仍沒有任何動作的態度感到厭惡。可是現在這個場面，我必須放下個人情緒，努力說服他們才行。

現在還很難斷定這頭巨獸的出現以及牠對城市的破壞到底是不是聲東擊西。說不定還只是開端而已。而且我們真正的敵人到現在還藏身不出。那麼要是隨隨便便拜託聖痕的話，說不定什麼時候會讓我們失去這最後的王牌。我告訴這些隊員，你們各位才是保護這座城市的真紅之盾。

經過短暫的激烈言詞交涉後，隊員們雖然還是半信半疑，但總算了解到我試圖打破僵局的意志，願意和我一起合作。

我獨自一人站在阿米特面前。

怪獸的身軀龐大到我必須抬起頭來看牠。牠發出的咆哮聲強烈地撼動我的鼓膜和肺部。

我指示Voyager一定要和巨獸保持距離。他沒辦法接近阿米特，要是太靠近就有可能像其他從者一樣，靈體受到侵蝕。要是那樣的話，我的計畫就會付諸流水。

武裝隊員同樣也包圍著怪獸，舉槍準備。他們的目的是恫嚇以及誘導。

戰場充滿著濃濃的死亡氣息，讓邪靈異常興奮。我也不再壓抑那深不見底的邪惡，把它們釋放出來。靈障的黑色黏液從我全身溢流出來，在地上描繪出黑色圓圈，範圍愈來愈大。

看到我擋在面前，阿米特暴躁地把我掃開。

我化出一把長柄〝戰斧〞，舞得虎虎生風。一斧劈開牠厚厚的表皮。

我感覺得到這一下的確砍進去了，甚至還讓牠濺出鮮血。可是對付牠不像對付從者那種靈體，已經得到肉身、有了實體的幻獸竟然能抵抗得住〝枝椏〞吸收的魔力，一瞬間就再生了——不過這早在我預料中。

我好不容易才壓抑住想要把魔彈打進那對爬蟲類的眼球裡的衝動。如果瑪琪的分析正確的話，這麼做非但不能傷到牠，反而還會讓牠得到超級恢復力所需的魔力。

（沒有弱點……可是這就是你身為幻獸的極限！）

我就這樣繞著牠跑，重複往阿米特身上一砍再砍。一邊吸引巨獸，一邊把牠引向二線車道的狹窄巷子去。

龐大的身軀讓牠進退兩難。但是不出數秒，牠就會把周遭的建築物全部毀掉，然後繼續移動。

我一腳踢在牆壁上，高高躍起。〝枝椏〞的團塊現在已經膨脹到比我自己的重量更大上許多，我把團塊朝阿米特畫了一道拋物線扔過去。

「魔王……〝拋網〞！」

——那是用〝枝椏〞編成，大小足以完全覆蓋獵物的強韌網子。

在古羅馬的競技場上，有一種劍鬥士是用漁夫的拋網與三叉戟當做武器，稱作〝網鬥士〞。當我聽路修斯說網鬥士在場上很受歡迎的時候，只覺得一陣好笑，還笑出聲來。和戴著魚類頭盔的對手拚個你死我活，根本是一齣喜劇。因為劍鬥士通常是禁止戴頭盔，必須要把苦戰的模樣讓現場觀眾看個清楚。和我現在的處境倒是非常適合。

「——上鉤了，Voyager！」

我呼喚他的名字，單手向空中一揮。

他急速下降，一把抓住我的手。一陣舒爽的飄浮感立即充斥我全身。〝拋網〞向著空中拉伸成淚滴狀。我就在網子前端飄浮，勉強和阿米特保持距離。

接著我向他許下第二個願望。

『我用令咒命令你——使出全力往上飛！』

「Copy，繪里世——Lift Off，Full Thrust！」

暴漲的魔力竄過魔術回路，幾乎要把魔術回路燒斷。

…………接著阿米特的腳尖靜悄悄、輕而易舉地離開地面。

地上武裝隊員的歡呼聲愈來愈小。

——我所謂的計畫，就是把怪物盡可能舉高，然後丟下來。就這樣而已。

如果把怪物吊起來的〝枝椏〞重量完全集中在一點的話，我的四肢肯定輕而易舉會被扯斷。可是飛行的浮力是遍布在 Voyager 以及與他接觸的我全部身上。邪靈的〝枝椏〞同樣也是我汙穢的血液、肉體的一部分。

現在我所能做的，就是一個勁兒地鼓起殺意，努力維持體積變龐大的〝枝椏〞。而且怪獸在〝拋網〞中瘋狂掙扎，一直想要咬斷網子掙脫。所以我要盡力讓〝拋網〞不斷再生，速度還得比巨獸的頑抗更快。

可是我放出的殺氣餘波也會讓Voyager感到很不舒服。雖然使用令咒保護，可是在他身上纏繞得歪七扭八的〝枝椏〞卻還是慢慢侵蝕他的身體，消散成一點一點的魔法光粒子。

除了加速度的壓力外，拍打在身上的氣流一樣搞得我七葷八素。我用力擠出聲音問道：

「Voya……ger……這樣的能量輸出你還能維持多久？」

「……還有一百二十秒。」

「……收到……非常好。」

根據禮裝APP簡單的計算結果，如果把空氣阻力計算進去，我們最低的飛行高度目標是三千公尺。只要想辦法飛到那麼高的地方，阿米特衝撞地面的時候全身就會受到等同於槍砲射擊的衝擊力道。要是想辦法讓掉落速度加快的話，威力就會更強。

——我和他用力抱在一起，一心只想著往天空上飛，繼續拉升高度。

既然聖杯把他召來參加這場戰鬥，允許太空探測船航海家號成為神話與人類歷史相關的英靈一分子的話——

那麼我會希望，即使他的存在還比不上神話時代的奧祕，但至少還是人類史上值得驕傲的偉大事業，應該具備一定程度的威信。

沒錯，所以我相信他的**魔法**——他那把天馬行空的幻想拉到現實當中的**技術**。而且我也相信和英雄的威嚴相比起來，人類寄託在他身上的夢想一點都不會遜色。

把他送上宇宙空間行星軌道的火箭，原本其實是把核子彈頭送到海天彼端敵人土地的強力引擎。核子導彈正是結合人類內心惡意與科學技術的結晶。

不管是與戰鬥機一樣輕的合金或是偵查用的感測器，全都是建立在可怕戰爭的競爭與人員犧牲上才研發出來。而 Voyager 就是利用這種染滿鮮血的成果打造出來的。這樣的他又怎麼會是單純無瑕的象徵呢？

可是——不是普羅米修斯把火交給了人類，才讓我們陷入無盡烽火。事實上完全相反，因為引起紛爭的大罪總是源自於人類自身。

如今我已經不會再否定那樣的罪行，也不會再害怕碰觸他。

我這股可怕的力量如果能用來保護這座生養我的城市；即使與人戰到遍體鱗

傷也還能嚮往未來的話——我願意和他一同前進，終有一天也想把那個夢想捧在手中。

他終於一邊忍受〝枝椏〞的侵蝕，總算完成任務。

我把滿身大汗、氣喘吁吁的他抱在懷裡。

我們達到預定的高度，一邊小心翼翼地與阿米特保持距離，一邊放慢速度。

「要把牠……扔進……海裡嗎？」

Voyager 嗆了幾口，一邊問道。要是這樣等牠自動下墜的話，就算我們不打算讓牠墜海，只要被風吹偏的話，最後牠還是會落海。可是——

「不，我不想再讓大海受到汙染……你也不希望對吧？而且我們要確定殺死牠。所以要把牠扔在一個墜地傷害範圍最小，又能夠確認屍首的地方。」

我們一邊繼續垂直的彈道飛行，我把 Voyager 輕輕推開，和他分開。

接著把化成大網裹住巨獸的〝枝椏〞全部拉回來。

「魔王——〝剪刀〞。」

我讓〝枝椏〞纏在左右兩腳上，然後讓前端延伸出去變成寬刃的刀器。

少年了解到我的意圖，又抓住我的手之後急速上升，來個直體空翻後轉而急速向下。我達到足夠的加速度，把 Voyager 留在身後，化成一支箭往怪獸衝去。

「喝啊啊啊啊——!!」

阿米特在上升軌道的頂點停住，然後開始往下落。我用帶著利刃的腳狠狠刺進牠的眉心。我把渾身所有魔力都用在質量增大的魔術，灌注在這一腳上。

「呼——」

接著我還以其中一隻腳的刀刃為軸，如花式溜冰一般轉了一圈，把阿米特那身獅鬃徹底割除。這樣一來牠就更不容易受到風力的影響。鬃毛恐怕過不了多久就會再生出來，反正只要再自由下墜二十五秒，牠就會到達地表。

阿米特頑強抵抗，用獅爪攻擊我，把我拍了開去。可是我把〝枝椏〞當做盾牌使用，勉強擋住這一爪。

「……那些是……」

我一邊下墜，一邊繼續修正墜落軌道。

可是就在我這麼想的時候，下方接二連三有東西飛過來。

那些負責城市防空任務的使魔群，就是我昨天晚上在夜空上也碰到過的小動物。有鴿子、貓頭鷹、烏鴉、日本歌鴝、海鳥、蝙蝠等等。數量多到我從沒看過的程度，牠們都是熱心魔術師送上來的吧。

大量的使魔急速下降，把阿米特團團包圍起來，開始自殺式攻擊。牠們用這種方式遮蔽敵人的視線，然後巧妙地修正墜落軌道。

我和Voyager如樹葉般輕飄飄飛舞，巨獸下墜的速度則是愈來愈快，和使魔群一起快速遠去。

——就這樣，阿米特往《新宿》的西側落下，最後化成一個小點，消失在倉庫林立的防災區域。

■ 16

我在《新宿》上空順著氣流一邊往下降，一邊嘗試與當局聯絡好報告情況。

一直打不進去，或許是因為他們還亂成一團吧。

（總之……我已經盡力而為了。）

我把自己交給天空，渾身放鬆。

原本煮熟的鴨子飛了，我體內的邪靈一邊吐出不滿與飢餓的詛咒，一邊點點消逝。今天晚上我的身體可能會被嚴重的後遺症折磨一番，可是我確實是把那些邪靈狠狠操了一遍，也是莫可奈何。

——我深深地吐了一口氣，先前一股腦往上衝時沒注意到的事物現在才映入眼簾。

那就是綻放在海上的馬賽克市的諸多城區，恐怕也是我們人類文明最後的堡壘。

在我下方就是形狀如珊瑚般延伸開來的《新宿》。

在棉花般飄浮的雲朵的彼端，有一座坡道曲折複雜，形如積木玩具般重重疊疊的城市。那就是《澀谷》。

灰色海面上長長鐵路的另一頭，是我熟悉的《秋葉原》。閃耀的大樓群如同紀念碑谷的岩山一般。

相反方向的遠方則是比上升後的海平面還要更高的武藏野臺地。那片包圍在翠綠色的丘陵裡，可以隱隱約約看到《多摩》那群類似集合住宅的白色建築物。

然後就是──

「……那裡就是……地府《東京》……」

像這樣從飛鳥的角度來看，《東京》距離《秋葉原》沒很遠。過去我肯定曾經幾次看過那座城市的輪廓，可是腦袋裡一點印象都沒有。

因為部分區域被低垂的黑雲掩蓋，看不清整座《東京》的樣貌。只能勉強看到一座鐵骨建造的尖塔彷彿受到上天神明的制裁般扭曲歪斜，赤裸裸地呈現出那悽慘的模樣。

「那是什麼……原本應該是很壯觀的高塔……卻變成那樣子……」

就在我呆呆注視著那座塔的時候，少年就像跳傘客一般滑行到我身旁。

「……繪里世!?快點飛起來！我們正在往下墜！」

「啊……？」

他說得對，就算我握著他的手，浮力還是沒有恢復。

減輕重量的魔術也使不出來。然後我還發現自己的魔力已經少到沒辦法吸引附近使魔的注意，看來為了打倒阿米特，我似乎過度消耗魔力。

「……升空失敗了嗎？」

少年在大風吹拂下，擔心得皺起眉頭。

「抱歉，你等我一下——應該有辦法。」

我拿出小春借給我的黃金手環。不出所料，手環裡果然積存著魔力，而且還是用方便我取用的形式儲存。我注意別讓手環掉下去，小心地套在手腕上。

手環一套上去，Voyager 忽然就恢復飛行能力。我們兩人像紙飛機一樣在空中緩緩滑翔。

「呼……還好……妳很努力喔。」

「……你也是啊。」

我和他十指交握的手上，令咒紋樣只剩下中央的最後一道。

＊

同時通訊似乎也恢復了。

有人用魔術回路聯絡我，對方是瑪琪。可是情況有點奇怪，而且也沒有影像。

「——瑪琪小姐？地面上的情況……」

『是繪里世嗎。影像……妳看不到嗎……』

她的聲音非常模糊。這種情況很不正常，因為魔術回路基本上是不會受到距離影響的。我還以為是因為城市的結界在空中也有設置的關係，但似乎不是這樣。

『我人在森林裡，出不去了。』

『森林……？妳是說在《新宿》嗎？』

『我也不覺得自己有離開城市……我在追那傢伙的時候，不知道什麼時候闖進森林裡。這裡就像是迷宮一樣。』

難道是〃固有結界〃……？不過就算真的是固有結界，瑪琪怎麼可能會傻傻地踏進去？

『——我也試過聯絡冰室或是千歲，看起來要是說出任何對敵人不利的事情，對話內容就會自動被消除掉。真是有點傷腦筋了，所以……我現在和妳只是在閒聊。』

「怎麼會……」

沒有任何方法可以突破困境嗎？是誰誘騙她踏進陷阱裡？

有好多問題差點衝口而出，又赫然閉上嘴巴。這通電訊是她唯一打通的通訊，萬萬不能切斷……！

『我想這裡應該是《新宿》的某個地方。是一處神清氣爽、美麗到令人厭惡的地方。池塘閃閃發亮。』

我一邊和面露關切的Voyager相視一眼，同時絞盡腦汁思考。

瑪琪沒有移動，而是停留在某地和我說話。只是她的聲音聽起來有氣無力，感覺好像在說夢話一樣。

『我想起來了……就是前一陣子的事情。老實說，我真的很高興。就是妳說要我給妳一點時間的那時候。沒想到妳竟然會替朋友著想。』

「……妳是指卡琳嗎？」

『嗯……是啊。哈哈，就是那個聒譟的女生……我心想，以前那個不哭也不笑，總是像個渾身是血的洋娃娃的小繪里世真的長大了……心裡好感動……聽我說，要好好珍惜朋友。我當初就沒能保護好朋友。一個都沒有……』

「瑪琪小姐……妳受傷了對不對？聽起來不太對勁。」

雖然這句話差不多接近問題的核心，可是我還是忍不住問出口。

就算看不到影像我也料想出來。

呼吸急促、反應遲鈍。

這個狀態代表她已經陷入出血性休克的症狀，但還是用藥物或是魔術勉強保持意識清醒。

『這個嘛……稍微受了點傷，也沒有多痛。妳好像沒事，那就好了。』

她的聲音就像是音準跑掉的樂器一樣忽高忽低。我把手放在手環上，想辦法想要提高通訊的精細度，但幾乎感覺不出來任何效果。我用目視拚命尋找下方的城市有沒有什麼地方異變成森林，卻什麼都找不到。

我緊抓著 Voyager 的手指，渾身害怕得發抖。

「瑪琪小姐……我看見《東京》了……從天上看到的。可是我還是什麼都想不起來。」

『對了……必須得告訴妳才行了。因為繪里世……已經不是洋娃娃了嘛。』

瑪琪淺淺地呼吸，雖然猶豫了一下，但還是娓娓道來。

『……讓妳遺忘《東京》的人不是千歲，也不是黑狗，而是宇津見，也就是妳的父親。是妳父親讓妳喝下〝忘川的河水〞。真是差勁透頂了，他這個人……對不起，我還是希望妳不要想起來。如果妳說什麼都想知道的話，就去問千歲或是路修斯。但要是問了，屆時她們就會真的成為妳的敵人……』

「瑪琪小姐……如果妳還能逃跑的話就請快逃！瑪琪小姐!?」

『……可是，有一件事我還是想趁現在告訴妳。妳不能離開馬賽克市的原因，是因為妳是宇津見和那美的女兒。因為妳的父親是人類，母親則是從者，妳本身就是一種奇蹟……但妳依然還是人類。活生生的人類，我向妳保證。』

（……！）

我是什麼……？我是……人類和……從者的……？

『知道這件事後，如果妳還是想去冬木，那就去吧，繪里世。去闖闖看。』

我不斷呼喊她好幾次，但都徒勞無功。唯有她高低不定的聲音一直傳過來。

『──繪里世……繪里世……？不行，訊號斷了。可惡，怎麼又來了──』

聲音變得更加模糊小聲。不管我再怎麼提高音量，感覺都會被風切聲給蓋過去。

這時候只有瑪琪的自言自語斷斷續續傳過來。我滿心懊悔，與其這樣，乾脆什麼都聽不見還更好。

『……已經沒救了嗎～～唉～～還是好痛……好痛……好痛啊……欸，你可不可以給我一個痛快。』

（…………？）

她在對某個人說話，某個就近在身邊的人。

『……真的嗎？可是由紀香姑娘──』

從瑪琪身邊不遠處傳來某個講話語氣很像古人的男性聲音。

（……這是……瑪琪的……從者的聲音嗎？）

那名男性用我沒聽過的名字呼喚瑪琪，然後以現場氣氛極為不相襯的和緩語氣繼續說道：

『──這個完全扭曲異常的空間沒有理由不能把它劈開，說不定還能找到意想不到的生路。』

『唉……津田先生……你每次開玩笑我都聽不出來是在說笑……之前你還說人只要活著就一定會遇到好事……多虧這句話……害我一個人孤零零地跑到這種地方來……』

耳邊聽著她笑裡帶淚的告白，我只能用兩手掩面哭泣。

『……過去好長一段時間，在下一直陪著由紀香姑娘那旺盛的好奇心到處東奔西走，那段旅行也頗為意義深遠。對在下一介遺世之人而言，可是相當難能可貴的經驗。』

「呵呵……你這個武士……還挺會說的嘛……」

＊

——這段在空中的對話，就成了我和特務瑪琪最後一次通訊。

在我回到地面幾個小時後，城市管理ＡＩ卡蓮．冰室來電，直接叫我過去。

〝聖骸布〞在歌舞伎町附近的一條骯髒小巷裡被發現。

聖骸布上留有很新的血跡，裡面還裹著一隻女性的手腕。那隻手腕被利器割下，令咒已經完全用完了。

後來查出那隻手腕裡握著某個體積很小東西。

問題是聖骸布以十字型把斷腕連同旁邊的物體緊緊捆在一起，就連冰室都解不開。

我被冰室叫來現場之後，在稍微露出的指尖上一碰，緋紅色的布條就這麼輕輕地脫落下來。

微微鬆開的手掌內，握著一個記憶體。

未完待續

浮文字

Fate/Requiem 2 懷想都市新宿

（原名：フェイト／レクイエム2　懷想都市新宿）

作者／星空流星　封面插畫／ＮＯＣＯ　譯者／hundreder
執行長／陳君平　榮譽發行人／黃鎮隆
協理／洪琇菁　國際版權／黃令歡
執行編輯／呂尚燁　美術主編／陳聖義
企劃宣傳／陳品萱
出版／城邦文化事業股份有限公司　尖端出版
台北市中山區民生東路二段一四一號十樓
電話：(〇二)二五〇〇七六〇〇　傳真：(〇二)二五〇〇二六八三
E-mail：7novels@mail2.spp.com.tw
發行／英屬蓋曼群島商家庭傳媒股份有限公司城邦分公司　尖端出版
台北市中山區民生東路二段一四一號十樓
電話：（〇二）二五〇〇—七六〇〇（代表號）
傳真：（〇二）二五〇〇—一九七九
中彰投以北經銷／楨彥有限公司
電話：（〇二）八九一九—三三六九
傳真：（〇二）八九一四—五五二四
雲嘉經銷／智豐圖書股份有限公司　嘉義公司
電話：（〇五）二三三—三八五二
傳真：（〇五）二三三—三八六三
南部經銷／智豐圖書股份有限公司　高雄公司
電話：（〇七）三七三—〇〇七九
傳真：（〇七）三七三—〇〇八七
一代匯集／香港九龍旺角塘尾道六十四號龍駒企業大廈十樓B＆D室
電話：（八五二）二七八三—八一〇二
傳真：（八五二）二七八二—一五二九
馬新總經銷／城邦（馬新）出版集團　Cite(M)Sdn.Bhd.
E-mail：Cite@cite.com.my
法律顧問／王子文律師　元禾法律事務所
台北市羅斯福路三段三十七號十五樓
二〇二一年十一月一版一刷
二〇二三年四月一版二刷

■中文版■

郵購注意事項：
1. 填妥劃撥單資料：帳號：50003021戶名：英屬蓋曼群島商家庭傳媒(股)公司城邦分公司。2. 通信欄內註明訂購書名與冊數。3. 劃撥金額低於500元，請加附掛號郵資50元。如劃撥日起 10～14日，仍未收到書時，請洽劃撥組。劃撥專線TEL：(03) 312-4212 ・ FAX：(03) 322-4621。E-mail：marketing@spp.com.tw

國家圖書館出版品預行編目資料

Fate/Requiem / 星空流星作 ;
Hundreder譯. --1版.
--臺北市：尖端出版, 2021.07　面 ; 公分.--(浮文字)
譯自:Fate/Requiem
ISBN 978-626-308-328-8(第1冊：平裝)
ISBN 978-626-316-184-9(第2冊：平裝)

861.57　　110007297